小学館文庫

喪われた少女

THE ISLAND

ラグナル・ヨナソン
吉田 薫 訳

喪われた少女 THE ISLAND

主な登場人物

フルダ・ヘルマンスドッティル……レイキャヴィーク警察犯罪捜査部の警部
リーズル……………………………フルダの同僚
アンドリエス・アンドレソン……イーサフィヨルズル署の署長
ヴェトゥルリジ……………………会計士、不審死した娘の父親
ダーグル……………………………銀行員
ベネディフト(ベニ)………………ダーグルの旧友
クラーラ……………………………ダーグルの旧友
アレクサンドラ……………………ダーグルの旧友
ヨン…………………………………フルダの夫
ディンマ……………………………フルダの娘

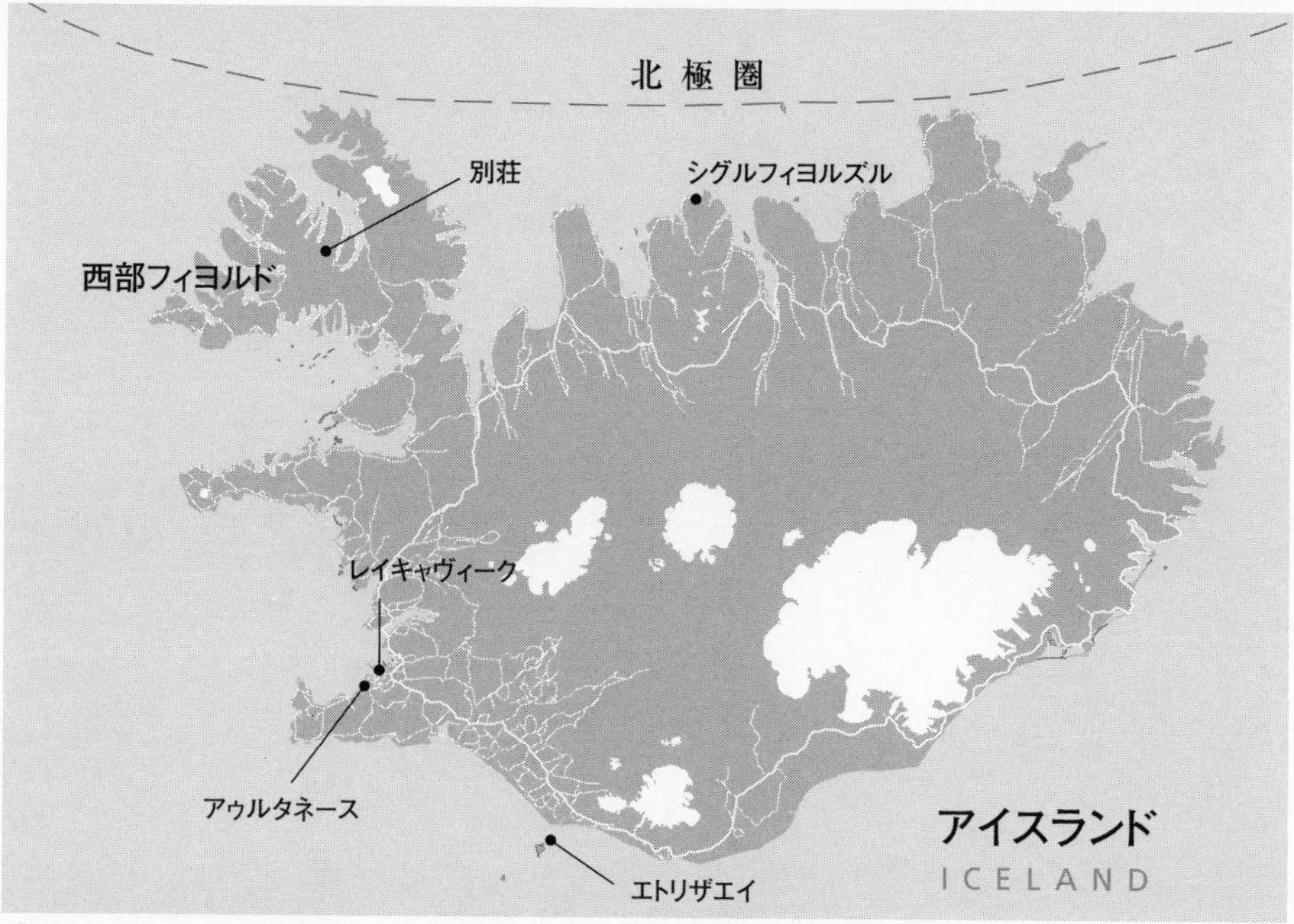
北極圏
別荘
シグルフィヨルズル
西部フィヨルド
レイキャヴィーク
アウルタネース
エトリザエイ
アイスランド
ICELAND

妻マリアへ

酷《むご》い言葉ひとつで心は変わる
人の前ではほどほどにしておくことだ
——エイナル・ベネディフトソン『スタルカズルの独白』より

プロローグ

一九八八年、コーパヴォグル

シッターが来ない。

夫婦で夜に出かけることはめったにないので、時間の打ち合わせは入念にしてあった。近所に住んでいる若い女性で、その母親とは道で言葉をかわす程度の付き合いはあるが、本人のことはよく知らない。まだ二十一歳だが、七歳の娘には魅力的な大人の女性に映るらしく憧れの存在だ。娘からはいつも、一緒にいて超楽しかったとか、今日の服は超すてきだったとか、寝る前に超面白いお話をしてくれたとか、いいことばかり聞かされている。おかげで娘もシッターとの〝お留守番〟を楽しみにしていて、さほど罪悪感を覚えずに招待に応じられる。今日は六時から零時まで来てくれるように頼んであった。だが、すでに六時を過ぎ、六時半になろうとしている。ディナーは七時に始まる。電話で事情を訊《き》こうとしたら、妻は難色を示した。騒ぎ立てなくてもきっともう来るわよ、と。

三月の土曜日、家族はみんな今夜を楽しみにしていた。夫婦は官庁に勤める妻の同僚と久しぶりに夜を過ごすことを、娘はシッターと一緒に映画を見て過ごすことを。今日は特別に、父娘《おやこ》で近くのレンタルビデオ店に行って、ビデオデッキとビデオを三本借りてきた。そして娘は眠くなるまで、好きなだけビデオを見てもいいことになっている。

六時半をまわった頃、ベルが鳴った。一家は首都レイキャヴィークの南側に隣接するベッドタウン、コーパヴォグルの集合住宅の三階に住んでいる。妻がインターホンに出ると、待っていたシッターだった。まもなくして玄関先にずぶ濡《ぬ》れで現れたシッターは歩いてきたからと説明した。外はバケツをひっくり返したような雨らしい。そしてきまり悪そうに遅刻をわびた。

わびる必要はないことを伝え、娘の面倒を引き受けてくれたことに礼を言い、家庭内のルールを念押ししたあと、ビデオデッキの使い方は知っているかと尋ねた。すると娘が割りこんできて、それは自分でできると言った。さっさと親を追い出して、一刻も早くビデオを見たいようだ。

タクシーを待たせているというのに、妻は娘を置いて出かけるのをためらった。

「ご心配なく。ちゃんとお世話しますから」見かねたシッターの言葉に促され、ようやくふたりで土砂降りの雨のなかに出た。

夜が更けるにつれ、妻は娘のことを心配しはじめた。

「大丈夫。あの子は楽しんでるって」そう言って腕時計を見る。「もう三本目の映画を見ている頃だ。アイスクリームも平らげてるよ」

「フロントの電話は使わせてもらえるかしら」

「電話をかけるには少し遅いんじゃないか。映画を見ながら寝てしまったかもしれない」

結局、予定よりも早く切り上げ、十一時過ぎには家に帰ることにした。ディナーは、正直言うと、少し期待はずれだった。メインにはラム肉が使われていたが月並みな料理だった。食事が終わるとダンスフロアに移動した。最初はなつかしい曲が流れていたが、最近のヒット曲に変わると、まだ自分たちは若いと思っていたのに、知らない曲ばかりだった。

帰りはタクシーの窓を流れ落ちる雨を静かに見ていた。ふたりとも家でゆっくりしているほうが性に合っているのか、今夜は疲れた。飲みすぎたわけではない。食事のときに赤ワインを一杯飲んだだけだ。

タクシーを降りながら妻は言った。「あの子、もう寝てるわよね。わたしたちも早く休みましょう」

ふたりは疲れた足で階段をのぼり、玄関のドアを開けた。ベルを鳴らさなかったのは娘を起こしたくなかったからだ。

ところが娘は起きていた。玄関に駆け寄ってきて、勢いよく抱きついてくると、いつになく強く両親にしがみついた。寝ているどころか、ちっとも眠そうにしていないことに驚いた。

「えらく元気じゃないか」娘に微笑《ほほえ》みかける。

「よかった、早く帰ってきてくれて」娘は言った。目つきが変だ。何か様子がおかしい。

シッターがリビングルームから出てきてにっこり微笑んだ。

「どうだった?」妻が訊いた。

「万事順調でした。本当にいい子ですね。一緒にビデオを二本見ましたけど、どちらもコメディ映画で、お嬢さんは楽しんでいましたよ。奥さんが用意したミートボールはほとんど食べたし、ポップコーンもよく食べていました」

「ありがとう。きみが来てくれなかったら、どうなっていたか」

上着から財布を出し、紙幣を数枚抜いて差しだした。「これでいいかな」

シッターは紙幣を数えてうなずいた。「はい、確かに」

シッターが帰ると、娘の顔をのぞき込んだ。「眠いだろう?」

「ちょっとね。でも、もう少しだけテレビを見てもいい?」

「残念でした。もうとっくに寝る時間だ」父親らしく首を振ってたしなめた。

「いやだ、お願い、まだ寝たくない」いまにも泣きそうな声で訴える。

「わかった、わかった」娘をリビングルームに連れていった。放送はすでに終了しているので、ビデオデッキのスイッチを入れて、新しいビデオをセットした。

そして娘が座っているソファーに行き、ふたりで映画が始まるのを待った。

「今夜も楽しかったんだろう」娘に訊いた。

「うん……まあね」奥歯に物が挟まったような言い方だ。

「やさしくしてもらった?」

「うん。ふたりともやさしかったよ」

面食らった。「ふたりともって?」

「ふたりいたから」

娘の顔を見て、もう一度訊く。「ふたりいたって、どういうことなんだい」

「だから、ふたりいたの」

「彼女の友だちでも来てたの?」

娘は言葉に詰まった。その目がおびえていて、思わず背筋に冷たいものが走った。

「そうじゃなくて、ちょっと変だったの、パパ……」

第一部　一九八七年

1

はるばる北の果てまで行って週末を過ごすことになったのは、秋の憂鬱《ゆううつ》を吹き飛ばそうという急な思いつきからだった。ベネディフトの古いトヨタ車に荷物を投げこむと、ふたりは期待に胸を躍らせてコーパヴォグルを出発した。だが道のりは長く、未舗装の悪路にもたびたび遭遇し、西部フィヨルドに着いたときには夜の帷《とばり》が下りかけていた。目指す谷まではまだ距離があり、ベネディフトは次第に不安になってきた。

夕闇が迫るなか、木が一本もない不気味なほど殺風景な高地を越えて、イーサフィヤルザルデュープという大きなフィヨルドの最深部の入り江に下りてきた。ハンドルを握る手をゆるめ、しばらく海岸線に沿って進むと、また山道の登りに入った。拳《こぶし》の関節が再び白く浮きあがったのは、海に向かってヘアピンカーブを下りはじめたときだ。影のように見える低い山が左右に延々と続き、針の先ほどの光も見あたらない。あたりに人は住んでおらず、たまに通り過ぎる農場はとうの昔に放棄されている。かつての住民たちは厳しい暮らしから逃れ、一四〇キロ先の小さな町イーサフィヨルズルか、はるか南の首都レイキャヴィークに移り住んだ。

「出発が遅すぎたんじゃないか。こんなに暗くなったら、別荘だって見つけられるかどうか」一度も来たことがないのに、ベネディフトは自分が運転することにこだわった。

「心配しないで。道は知ってる。夏は何度も来てるんだから」彼女は言った。

「夏はだろ」眉を寄せ、予測不可能な曲がりくねった細い道に目を凝らしながら言い返す。

「まあ、落ち着いて」鈴を転がすような声でいなされる。

ベネディフトは長いあいだこのときを待っていた。この少し大胆な女の子に惹《ひ》かれ、もしかしたら彼女も同じ気持ちじゃないかと感じながら、互いに行動を起こすことはなかった。そんなふたりの関係がついに動いて、火が点《つ》いたのは二週間前のことだ。

「もうすぐヘイダルアーに入る道よ」彼女は言った。

「こっちに住んでたことはあるの？」

「ない。でも、パパは西部フィヨルドの出身。イーサフィヨルズルで育ったの。これから行く別荘はパパの実家のものだったのよ。だから毎年夏休みには来てた。ほんと地上の楽園なんだから」

「その言葉を信じるよ。今夜はあまり見られそうにないけどな。とにかく早くこの闇から抜けだしたい」ふと心配になって訊いた。「電気は来てるよね」

「水とロウソクでがまんして」

「えー、マジかよ」

「冗談よ。お湯ならある、たっぷりとね。電気も来てる」

「ところで……きみの親は知ってるの？　ぼくらがここに来てるってことを」

「言ってない。だって親には関係ないでしょ。ママは出かけてたし、どっちみち、わたしはやりたいようにする。パパには週末に遠出するとだけ言ってある。弟も家にいなかったから、このことは知らない」

「わかった。ただざ、きみの家族の別荘だから気になったんだ」ベネディフトが本当に知りたかったのは、ふたりだけで来ていることを彼女の親が知っているかどうかだ。ふたりで旅行なんて、交際宣言をするようなものだ。いままで秘密にしてきたというのに。

「パパの別荘だけど、パパが来ないことは知ってるから大丈夫。鍵も持ってるし。きっとすてきな週末になるって、ベニ。今夜の星空を想像してみてよ。このぶんだと満天の星ね」

ベネディフトはうなずいたが、こんな無茶をしてよかったんだろうかという思いは消えなかった。

「ここよ、ここで曲がって」突然、指示が飛んできた。急ブレーキを踏んで、タイヤをきしませながらかろうじて曲がった。車一台通るのがやっとの道に入ったので速度を落とす。

「もっとスピードを出さないと朝になっちゃう。怖がらなくても大丈夫だってば」

「暗くてよく見えないからゆっくり走っているだけだ。車がスクラップになるのは嫌だからね」

すると笑い声が車内に響き、とたんに気分はよくなった。最初に彼女に惹かれたのも、このくったくのない笑い声のせいだった。もうふたりの行く手に立ちはだかる障害もなくなった。これでよかったのだとあらためて強く感じた。これはほんの始まりにすぎず、未来への序章なのだと。

「露天風呂があるとか言ってたよね。一日車に揺られたあとで温かい風呂につかれたら最高だろうな。もう体のあちこちが痛いよ」

「あるけど」

「あるけどってどういう意味だよ。あるの、ないの？」

「それは着いてからのお楽しみ……」こうした思わせぶりなところが魅力でもある。

彼女には日常のなんでもないことも神秘的に思わせてしまう天賦の才があった。

「とにかく待ち遠しいよ」

ようやく別荘があるという谷に着いた。暗がりのなかに建物らしきものは見えなかったが、車を止めるように言われ、ふたりは冷たい新鮮な空気のなかに降り立った。「さあ、行くわよ。もっと人を信じなさいって」笑いながら軽く手をとられると、ふたりでモノクロの夢のなかに入っていくような気分になった。

彼女が突然立ち止まった。「海の音よ、聞こえる？」

「いいや」

「しっ！　しゃべらないで。よく聞いて」

耳を澄ませると、なるほどかすかに波の音が聞こえる。すべてが現実ではなく幻想に思えてくる。

「海岸までけっこう近いのよ。明日歩いて行ってみる？」

「いいね、行こう」

しばらく歩いていくと別荘らしきものが見えた。闇のなかでも小さな古い建物だとわかる。七〇年代に流行《はや》った、地面まで届きそうな三角屋根のコテージで、窓は正面と裏にもあるはずだ。彼女がキルティングの上着のポケットから鍵を取り出し、ドアを開け、明かりを点けたとたんに闇は一掃された。なかに入るとすぐにリビングルームになっていて、素朴で味わいのある古い家具が所狭しと置かれている。なかなかいい雰囲気だ。

ベネディフトはこの週末の旅行を楽しみにしていた。ふたりでこんな最果ての地まで来ていることを誰も知らないというのもぞくぞくした。この谷はふたりだけのものだ。それだけでも地上の楽園だった。

コテージの大部分を占めているリビングのほかに、小さなキッチンとバスルームがあって、奥にはしごがあった。

「あのはしごの上は屋根裏？　あの上で寝るの？」ベネディフトは訊いた。

「そうよ、さあ、早く」そう言って、はしごを揺らしながら、すいすいのぼっていく。ベネディフトもあとに続くと、勾配天井の下にマットレスと掛け布団と枕が置かれていた。

「こっちに来て」彼女がマットレスに横たわる。「ねえ、早く」そんなふうに微笑まれたら、抵抗なんてできるわけがない。

2

星がきらめく空の下で、冷たい秋風を受けながら、ベネディフトは古いバーベキューグリルでハンバーガーに挟むパティを焼いていた。旅の出だしは上々で、この先もうまくいく気しかしない。都会育ちのベネディフトにとって西部フィヨルドは寒くて不便なところという印象しかなかったが、気がつくとけっこう楽しんでいる自分がいた。もちろん彼女が一緒だということもあるが、世界から隔絶されたようなこの土地そのものにも惹かれた。きれいな空気を胸いっぱい吸いこむと、目を閉じて、波の音に耳を澄ませた。枯れ葉の匂いに混じって、グリルから立ちのぼる香りが鼻をくすぐり、目を開ける。立っているところは別荘の裏手にあたるが、いま初めて露天風呂なんて見あたらないことに気づいた。

夕食を終えるとベネディフトは訊いた。「ところで、きみが言っていた露天風呂ってどこにあるの？　家の周囲を歩いてみたけど、それらしいものはなかったよ」

彼女はいたずらっぽく笑った。「ずいぶん探したんでしょうね」

「はぐらかすなよ」

「そうじゃないって。一緒に来て」

そう言うとさっさと立ちあがって外に出ていった。ベネディフトはわけがわからないまま彼女を追って十月の夜の闇に出た。

「魔法でも使って風呂を出すつもり?」

「黙ってついてきて。寒くない?」

一瞬返事をためらった。薄いセーター一枚では寒かったが、認めるのも嫌だった。すると心を読んだかのように彼女はなかに戻って、昔ながらの厚いウールのセーター、ロパペイサを持ってきた。

「これを着ていけば? パパのを持ってきたの。わたしには大きすぎるけど暖かいから」

「きみのお父さんのセーターなんていいよ。変だよ」

「じゃあいいけど」そう言って家のなかに投げかえす。セーターがリビングの床に落ちると、彼女はドアを閉めた。

「この谷を十分くらい歩いていった先よ」彼女が指さす。

「何が?」

「露天風呂」肩越しに返事をするとすぐに歩きはじめた。「すごくいい天然の温泉があるの。ふたりで入るにはもってこいのね」

夕食のあいだに満月が昇り、あたり一面に月の光が注いでいた。闇夜だったら、とても歩いていく気にはならなかっただろう。月明かり以外の光はいっさいなく、人家もない。別荘ももう視界から消えた。危険な冒険に思えたが、すっかり彼女の虜《とりこ》になっているベネディフトとしてはついていくしかなかった。

それにしても見渡す限り温泉なんかなさそうだ。

「まだ遠いの？　かついでるんじゃないだろうね」心配になって訊いた。

彼女が笑う。「そんなことしないって。ほら見て」指をさされた方向を見ると、山のふもとに小屋があり、その横に白い湯気があがっている。「避難小屋が見える？　温泉のそばにあるでしょう。あそこをみんな脱衣場に使っているの」

温泉に向かって進んでいくと、行く手を遮るように谷川が流れていた。月明かりの下で勢いよく渦を巻いている。

「橋はどこ？」ベネディフトは立ちどまって訊いた。「橋がなけりゃ渡れないだろう」

「まかせなさいって。ここはわたしの庭だから」

川岸まで来ると彼女は言った。「橋はないけど、ここから渡れる。石が見える？」

確かに水面にいくつか石が突き出ている。あの石を渡っていけって？

「大丈夫。順番に石に乗っかっていけばいいんだから」言うなり靴と靴下を脱いで、猫のように軽々と渡っていった。

ここで怖《お》じ気《け》づくわけにはいかない。裸足《はだし》になると、彼女にならって脱いだ靴下を靴に詰めて手に持った。覚悟を決めて水のなかに足を踏み入れる。あまりの冷たさに慌てて引っこ抜く。

「ねえ早く。とっとと渡っちゃいなさいよ」彼女が呼んでいる対岸がとてつもなく遠く見える。

もう一度覚悟を決めて川に入ると、ひとつめの石に乗り、次の石に飛び移った。三つめの石で足が滑ったがなんとか踏みとどまった。ついに渡りきったときには安堵《あんど》のため息がもれた。

顔を上げると、彼女が素っ裸で温泉のふちに立っている。「早く来て」そう言って、湯のなかに入っていった。

また急《せ》かされる前に服を脱いで湯に入った。底の石に滑って、もう少しで顔からダイブするところだった。

「すごい……信じられない」月と星が輝く空を見あげて言った。あたりは真っ暗で、白い湯気にすっぽり包まれているみたいだ。ベネディフトはそっと彼女を引きよせた。

3

温泉から戻ってきたときには歯がガチガチ鳴っていた。いったい何時だろう。腕時計を車に忘れてきた。壁の小さな時計も止まっている。だが、こんな山と海に挟まれた何もないところにいると時間が止まってしまうのも悪くないように思えた。

「このまま屋根裏に直行だ。布団にもぐらないと凍えそうだよ」

「わかった。じゃあ先に行って」心地よく響く声で体が少し温まった気がする。

彼女がじっとしているので待たずに先にはしごをのぼった。照明のスイッチを手で探る。

「もしかして屋根裏に明かりはないの？」

「あるわけないでしょ。夏の別荘なんだから、ばかね」茶目っ気たっぷりに返された。

小さな窓から差しこむ月明かりを頼りに手探りで進み、マットレスをふたつくっつけて羽根布団をかぶった。寒さで体は震えているが、期待で胸は膨らんでいる。はしごの下に理想の彼女がいて、もうすぐここにやって来る。一番近い集落でさえここからは何キロも離れている。いま世界にはふたりしかいない。

軽やかな足音が聞こえてきた。彼女がはしごをのぼってくる。両手で包むように古い燭台《しょくだい》を持ち、揺れる炎の明かりが彼女の顔を照らす。ベネディフトは思わずぞくりとした。

彼女は燭台を床に慎重に置いた。古い木造のコテージだ。火事にでもなったらひとたまりもないだろう。心配になったそのとき彼女が半裸だと気づいた。

思わず感嘆の声をもらす。なんてきれいなんだ。それでも訊かずにはいられなかった。「そんなところにロウソクなんか置いて大丈夫?」

「じゃあ、どうするのよ。まったくもう、あなたに田舎暮らしは無理ね」

ベネディフトは笑った。「布団に入らないの? 寒いだろ」

「わたしってあまり寒さを感じないのよ。どうしてか知らないけど」微笑みながらそう言うと、くるりと背中を向けて何も言わずにはしごに向かった。

「また下りるの?」

返事はない。ベネディフトはロウソクの炎を見ながら、この現実とは思えない状況が、禁断の世界のようにも思えて胸が高鳴った。

彼女はすぐに戻ってきた。今度は赤ワインのボトルとグラスを持っている。

「いいね」震えながら言った。

彼女が布団に入って身を寄せてくる。「これで温かくなった、ベニ？」

こんなふうに名前を呼ばれるなんて、この気分は言葉では言い表せない。

「うん」と答えるのが精一杯だった。

「あのね、わたしの先祖がこの近くに住んでいたんだけど」声の調子から、彼女の作り話が始まったことがわかった。ふだんからよく物語を聞かされる。それも彼女に惹かれた理由のひとつだ。気がついたときには心を奪われていた。簡単すぎたほどだが、後悔はしていない。いまはもう。

「それがね……」一拍置いて茶化すように言った。「でも、こんな話聞きたくないか……」

「いや、聞きたいよ」

「その人の幽霊がこの谷に出ると言われているの」

「なるほど、よくある話だ」

「信じるかどうかはあなた次第だけど、そう言われてる。だから、わたしはここでは夜は絶対ひとりで過ごさない」そう言って体をすり寄せてくる。

「見たことあるの？」彼女の話は真に受けられないと知りながら、続きを聞きたかった。

「ないけど……」意味ありげな沈黙を漂わせてベネディフトを不安にさせる。「ないけど気配は感じた……聞こえたのよ、うまく説明できないけれど」

あまりに真剣な口調にベネディフトは戸惑った。

「昔、パパとふたりでここに来たときよ。わたしが寝たあと、パパはまだ小さかったわたしを置いてどこかに出ていった。とにかく目が覚めたらひとりぼっちだった。春先だったからまだ暗くて、ロウソクに火を点けようとしたんだけどうまくいかなかった……そのときに音を聞いたの。あんなに怖い思いをしたのは初めてだった」

ベネディフトは話を聞いたことを後悔した。

彼女の目に一瞬まぎれもない恐怖が見えた。ベネディフトは目を閉じて気持ちを落ちつけた。こんなばかげた話に引っかかってどうする。

「そんな話信じないね……」

「あなたは知らないからよ、ベニ」低い声で言う。

「何をだよ」

「その人は火あぶりにされたのよ。想像してみて、火あぶりよ」

「やめてくれよ。からかってるんだろう？」

「からかってなんかいない、本当よ。アイスランドで魔術師が火あぶりにされた話を読んだことないの？」

「魔術師？　十七世紀の魔女狩りのことを言ってるのかい」

「魔女？　アイスランドで火あぶりにされたのはほとんどが男だったのよ。そのひとりがわたしの先祖だった。ねえ、ベニ、ちょっと想像してみて。炎で焼かれるってどんな感じか」そのときに彼女が振りあげた手が燭台に当たった。ベネディフトは息をのんだ。

ロウソクが床に転げ落ちていった。

4

彼女はすぐにロウソクをつかんで燭台に戻した。

そしてにっこり笑った。「危なかったね」

「頼むよ。気をつけて」一瞬恐怖で息が止まった。

「ねえ、聞いて」何ごともなかったように、また耳に心地よい声で話しだす。「彼は確かに罪を犯していたんだと思う」

「罪?」

「ええ、魔術を使ってたってこと。誤解しないで、焼き殺されて当然だと言ってるんじゃないのよ。ただ、黒魔術には手を染めていたんだと思う。わたしね、調べてみたのよ。魔法円のこととか。そしたら面白くて」

「面白い? オカルト好きだったのか」

「真面目な話、先祖代々受け継がれた遺伝子がわたしのなかにもあると思ってる」

「それって黒魔術の遺伝子ってこと?」

「ええ、魔術師の遺伝子」

「冗談だろ」

「ベニ、冗談でこんなこと言わない。少し実験してみたの。興奮しちゃった」そう言って、ひじで軽く突っついてきた。

「実験？」

「ええ、魔術のね。わたしがどうやってあなたを虜にしたと思う？」茶目っ気たっぷりに言う。

「何を言いだすんだよ」

「何を信じるかはあなた次第よ」

「ぼくはきみとここにいることが信じられない」

彼女は笑った。「ね、飲まない？」ロウソクのそばにワインが置かれていたことをすっかり忘れていた。

「ぼくはここから出ない。寒くてたまらない」

「寒い？　怖くて震えてるわけじゃないんだ」からかうように言う。

ベネディフトは答えなかった。

「やだ、怖いの？」

「違うよ」ベネディフトは彼女に体を寄せた。温かい。

「ロウソクの明かりが点いているあいだは何も起きないって、ベニ。彼は音を立てない。真っ暗なときだけよ……」

彼女はロウソクに手を伸ばし、指で火を消すと、ベネディフトに向きなおって、やさしくキスをした。

5

ベネディフトはずいぶん早くに目が覚めた。車の音や目覚まし時計から解放され、泥のように眠って朝寝坊するとばかり思っていた。

熟睡できなかったせいもある。寝物語に黒魔術や焚刑《ふんけい》の話を聞かされたのが悪かったのか、いや、ついに彼女と一夜を共にできて興奮していただけだろう。

彼女の寝顔を見て、静かにはしごを下りた。着替えをすませ、靴を履き、ドアを開けて外をのぞく。いい天気になりそうだった。空気は冷たいが、風はそよとも吹いていない。コテージを出ると海に向かった。淡い曙光《しょこう》のなかで、初めて周囲に目を注ぐ。

これまで西部フィヨルドと聞くと、狭い入り江に迫《せ》り出すように山がそびえていて、冬は太陽が見えないというイメージしかなかったが、イーサフィヤルザルデュープの最深部にあたるここは起伏が穏やかで、緑の谷を囲む三方の山も低くてなだらかだ。眺望は刺激に欠けるかもしれないが、それを補って余りある静けさと開放感が漂っている。樹木のない風景に色でアクセントを付けているのはビルベリーやクロウベリーの実、そしてフィヨルドの静かな青い水面だ。

海岸まで思っていた以上に時間がかかった。岩に座ってひと休みしながら、海を見渡す。イーサフィヤルザルデュープの向こう側に白く輝く万年雪が見え、北極圏のそばまで来たことを実感する。あの北側の半島はごくひと握りの農家を残して、人は住んでいないと彼女が言っていた。

あまりゆっくりもしていられない。彼女が目を覚ましたときにいなかったら心配するだろう。ベネディフトは急ぎ足で坂道を登った。

だがコテージに着いて屋根裏に上がってみると、彼女はまだよく眠っていた。いったいいつになったら目を覚ますんだよ。

ベネディフトは彼女のために初めて朝食を用意することにした。手の込んだものはできないが、パンとチーズとオレンジジュースという簡単な食事を寝床に運んだ。

きれいな寝顔だった。そっと揺すってみたが反応はなく、かがみ込んで耳元に朝食ができたよとささやくと、やっと目を覚ました。

「朝食？」あくびをしながら言う。

「店に買いにいってきた」

「お店？」

「冗談だよ。サンドウィッチを作った」

すると彼女は微笑み、ささやくように言った。「ありがとう。あとで食べてもいい？」

「いいよ。まだ眠いの？」

「もう少し寝かせて」

ベネディフトは外の景色を思い出した。最初は不安もあったが、このひとけのない谷にすっかり魅了されていた。「わかった。じゃあ、ぼくは散歩がてら昨日の温泉にでも行ってこようかな」

「そうしたら」彼女は寝返りを打って付け加えた。「ゆっくりしてきてね」

外に出たベネディフトはこんなふうにひとりになったのは久しぶりだと気づいた。誰にも縛られず自由気ままに過ごせるなんて。自然に囲まれるということがこんなにも気分がいいものとは知らなかった。空気はまだひんやりとしているが、ダウンジャケットを着てきたので、歩きはじめるとすぐに暖かくなってきた。温泉につかってゆっくりしようと思って出てきたが、川まで来ると、もう少し先まで歩いて谷を探検したい気分になった。明るいから道に迷うこともないだろう。方角は山を見ればわかる。

たまにはひとりで考える時間があってもいい。理想の女性を見つけたという確信はあるが、ここに来るまでには困難な道のりがあった。彼女とはとても相性がいいと感じる。実際にうまくいってるし、違っているところがあるのも刺激になる。幽霊話も嫌だとは思わない。あれも魅力のひとつだろう。とはいえ昨夜の話はちょっと信じられない。先祖が黒魔術のせいで焚刑に処せられた？　まあ、そういうことはあったかもしれないけれど。ロウソクが倒れたのだって、偶然ではなく、効果を狙ってわざとやったに違いない。彼女にはそうした何をするかわからないところがある。それでもいま大切なのは、何もかも含めて彼女を愛していて、その彼女がやっと自分のものになったということだけだ。

そしていま何よりも必要なのは静かに自分の将来を考えることだった。美術を勉強したいという長年の夢が現実味を帯びだしたのは、友人がオランダの有名な美術学校に出願を決めたときだった。友人にならって取り寄せた応募書類が机の上で決断を迫っている。期限まで残された時間はわずかだ。

決断を鈍らせている理由はいくつかある。まず言うまでもなく、彼女に心を奪われるあまり、ほかのことが考えられなくなった。だが講座が始まるのはまだ一年近く先で、その頃には遠距離恋愛でもうまくやっていける関係が築けているのではないかと思う。それどころか彼女も一緒にオランダに行くと言いだすかもしれない。冒険心があるのは彼女も同じだ。次に経済的な問題がある。ベネディフトの家は決して裕福ではなく、資金を出してもらうわけにはいかない。それでも無駄遣いしなければ、学生ローンでなんとか生活はしていけるだろう。

あとは親の問題だ。ベネディフトはひとりっ子で、両親の遅いときの子供だったので、ふたりとももう六十に手が届く。心のどこかでそんな親を捨てていくことに罪悪感を覚えている。だが正直に言うと、ためらっている本当の理由は判断を誤ることに対する恐れだ。いままでずっと無難な道を選んできた。親が勧めた高校に進み、自分に期待された社会活動やスポーツをこなし、そしてこの秋には、両親のように数学が得意という理由で工学部に進んだ。だが自分にとって楽な道だというだけで、講義に興味を持てずにいる。

この週末、同級生たちは本に埋もれ、ストレスを感じながらも勉強に遅れをとらずについていこうと頑張っているのに、ベネディフトは勉強のことはしばし忘れるつもりでいた。いずれにしても工学部の勉強に耐えていけるとは思えない。自分のなかで反乱が起きはじめているのがわかる。澄んだ空気のせいか、ようやくすべてがきちんと見えてきた。目から鱗《うろこ》が落ちるように、二度とあんな講義には出たくないと思っていることがわかった。あんな数字や方程式は本当に興味のある者たちに任せておくのが一番だ。こうなったら勇気を振りしぼって、自分が正しいと思う決断を下すだけだ。

きっと親は肝をつぶすだろう。大学をやめてオランダに美術の勉強に行くなんて言ったら……。告げたときの親の顔が目に浮かぶ。けれどベネディフトがガレージにこもってキャンバスに向かっているときが一番幸せなことを知っているのも両親だ。だから、ずっと支えてくれたし励ましてもくれた。それでも芸術は趣味でしかないという考えは曲げなかった。

美術の先生がベネディフトがいかに有望な生徒か親に説明したときのことを覚えている。そう、親はこう言ったのだ。それは自分たちも承知していると。だが先生が才能を生かして本格的に絵の勉強をすべきだと言うと、親は呆気《あっけ》にとられていた。それ以来、自分の道は自分で選ばなければならないとわかっていた。その道がどうあるべきかも。欠けていたのは夢を実現するための勇気だ。

きっとこれからはすべてうまくいくだろう。彼女がそばにいてくれさえしたら……。

ふと山を見あげると、思っていたよりずいぶん遠くまで歩いてきたことに気づいた。いい気分だった。心は決まった。すがすがしい空気に身も引き締まる。きっといつか、今朝が人生のターニングポイントだったと振りかえる日が来るだろう。人生をみずから築く転機になった朝だったと。自分の運命を決めるのは自分だと言いきかせる。家に帰ったら自分の気持ちに従うと決めた。

ひと息つきたくて腰を下ろすとたちまち体が冷えてきた。寒さが地面から骨までしみてくる。歩き続けるほうがよさそうだ。

だが急がなかった。彼女をゆっくり寝かせてやりたい。何度も立ち止まって景色を眺めた。温泉につかるのも楽しみだった。川を渡る練習もしておきたい。次に来たときに、またぶざまな格好を見せなくてもすむように。

歩きながら将来のことを考えた。彼女と一緒にオランダに行けるだろうか。もし行けたら、どこに住もう。小さな部屋が目に浮かぶ。運河沿いに建つ間口の狭いオランダの伝統的な家屋を利用した学生用のワンルーム。卒業後はアイスランドに戻って、できることならレイキャヴィークの旧市街に落ち着きたい。

ベネディフトの心は美術と彼女に等しく傾いていた。

気がつくと温泉まで来ていた。なんとかバランスをとって川を渡ることはできたが、もし足を滑らせて骨でも折っていたらえらいことになっていた。助けを呼んでも別荘には聞こえないし、別荘からここは見えないのだから。

縁起でもないことを考えるのはやめて、さっさと服を脱ぎ、湯気の立つ温泉につかった。肌を刺すような秋の空気とは対照的な温《ぬく》もりに包まれると、しばらく動く気がしなくなった。岩で囲んだ風呂にパイプからちょろちょろと湯が流れこんでいる。山を見あげると、水平に延びる岩石層のところどころに刻まれたくぼみに、赤や黄色に色づいた葉が朝陽《あさひ》を受けて輝いていた。レイキャヴィークの地熱を利用した温水プールには慣れているが、これは天然の温泉だ。頭上で鳥がさえずり、川のせせらぎが耳に心地よく響く。のどかというのはこういうことを指すのだろう。これからもずっと彼女とふたりで当たり前のようにここに来られることを願った。

ベネディフトは時間の感覚を失っていた。別荘を出てどのくらい経《た》っただろう。とっくに起きた彼女が待ちくたびれてなければいいけれど。もう上がったほうがいいとわかっていながら、手足をつかまれたみたいに湯から出られなかった。よく歩いたのだから、もう少しだけ休んでいこう。彼女も心配なんかしないだろう。

ようやく出る気になると、足を滑らせないよう用心しながら立ちあがった。タオルを忘れたので服で体を拭き、震えながら湿った服を着た。こんなことで風邪をひいたらせっかくの旅が台無しだ。身支度がすむと、また難関の飛び石が待っていたが、彼女が待っていると思うとためらいはなかった。

6

ノックの音でフルダ・ヘルマンスドッティルは顔を上げた。同僚がほとんど帰宅したあと、フルダはいつもどおり報告書の作成に没頭していた。毎日のように残業しているが、時間外手当が増えるわけではなく経済的に得るものはない。ひたすら全力で職務を果たすことに意義を感じているだけだ。負けず嫌いで、誰よりもいい成績を上げることを目指し、何ごともおろそかにしない。刑事はいい仕事だと思うが給料はお粗末だ。早く昇進して、新たな可能性への扉を開きたかった。

生活が苦しかった子供時代のことは忘れられない。母だけでなく、同居していた祖父母も苦労した。一クローナも無駄にできない家庭でフルダは育った。厳しい家計が家族みんなの暮らしに影を落としていた。祖母は専業主婦だったが、母と祖父は働き通しだった。低賃金のつらい仕事ばかりしていた。フルダは小さい頃から、いつか貧乏から抜けだしたいという野心を抱いていた。そのためには教育が不可欠だった。早く働きに出て家計を助けなければならないというプレッシャーは感じていたが、高等学校に進学し、卒業試験にも合格した。その年に女子で合格したのはほんの一握りしかいなかった。家族で高等学校を卒業したのはフルダが初めてだった。大学進学も考えたが祖父母が許してくれず、そろそろ家を出て自活したらどうだと告げられた。母親は一応娘の味方をしたが頼りにならなかった。高校を卒業させただけで満足していたのかもしれない。フルダが警察に入ったのは偶然と生来の頑固さの賜《たまもの》だった。友人と求人広告を見ていたときに、警察官の夏期臨時職員というのがあった。友人に〝婦人警官〟とは書かれていないから女性は対象ではないと言われ、フルダは誰にでも仕事を得るチャンスはあるはずだと反論した。自分の主張が正しいことを証明するために応募すると採用された。臨時職員として働いているあいだに欠員が出て、正規雇用への道が開け、レイキャヴィーク警察で本格的な訓練を終えたあと、徐々に犯罪捜査を手がけるようになり、犯罪捜査部の刑事になった。上司スノッリはいわば古いタイプの警察官で決して出しゃばらないが志操堅固、科学技術に頼った捜査に強い反感を抱いている。いま戸口に立っているのはそのスノッリだ。

「フルダ、少し話せるだろうか」いつものように丁寧な物腰だ。ほかの部下には怒鳴ることがあっても、フルダには声を荒らげたことがない。理由はわかっている。フルダを同僚ではなく、女性として見ているからだ。要するに一人前として認められていない。

「ええ、どうぞ入ってください。そろそろ帰ろうとしていたところですから」フルダは机の上をざっと見まわした。もっと早く帰れたのに書類や報告書で埋めつくされている。こうした情報の分析についい時間を割いてしまう。私物はふたつだけ。娘ディンマの写真と夫ヨンの写真だ。娘の写真はごく最近に撮ったものだが、夫のほうは出会った頃の写真で、髪を伸ばし、七〇年代に流行った派手な色の服を着ている。確かに当時はこんな感じだった。仕事で頭がいっぱいのいまの彼とはまるで違う。

スノッリは立ったまま、フルダが仕事を終えたと見ると切りだした。

「ちょっと確かめに来ただけだ。今年も金曜日のパーティーの前にわが家に寄ってくれるかね。もちろんご主人も一緒に」スノッリは年に一度、警察署のパーティーの前に部下を自宅に招いて酒を振るまう。フルダにとっては耐えがたいほど退屈な恒例行事だ。毎年ヨンを引きずって出席しているが、ヨンはいつも部屋の隅のほうに立って愛想笑いのひとつも浮かべない。もう少し妻の仕事に理解を示し、同僚たちと懇意にしてくれてもいいのにと思う。

「ええ、もちろんうかがいます。すみません、うっかりしていました」答えたついでに、気になっていたことをスノッリに訊いてみることにした。「ところで……」

「なんだね」

「もうすぐエミルが引退するそうですね」

「そのとおりだ。彼ももう歳《とし》だからな。大きな穴があいてしまうがね」

慎重に言葉を選ぶ。「実は、後任に志願しようかと考えています」

スノッリは驚いた。予想もしていなかったらしい。

「きみが？　本気かね」

「はい、お役に立てると思います。仕事はわかっていますし、経験もあります」

「それはそうだが、きみはまだ若すぎる。確かに経験は豊かだし、頼りにもなる。それは認めるがね」

「もうすぐ四十になります」

「そうか。それでも、わたしの目から見ればまだ若い。それだけじゃなく……」

「とにかく志願するつもりです。最終的に決めるのはあなたですよね」

「まあ、そうだな……そう言っていいだろう」

「わたしを推していただけるでしょうか。ほかにいないと思います。わたしと同じくらい長くあなたの下で働いてきた警察官で……」こう続けたかった――わたしほど優秀なのは。

「そうだな、そのとおりだ、フルダ」一瞬困ったように黙るとスノッリは言った。

「しかし、リーズルも名乗りをあげると思う」

「リーズルが？」しょっちゅう会うわけではないが、フルダはリーズルをあまりよく思っていない。無愛想で、無礼な男だ。だが確かに成果は上げている。それでも経験ならフルダのほうがはるかに長く、さほど脅威にはならないはずだ。

「彼はやる気満々でな。すでにわたしのところにやって来て、今後の改善計画や取り組みを聞かされた」

「でも、彼はまだうちに入ってきたばかりですよ」

「そんなことはない。それに勤続年数がすべてではない」

「要するに、わたしは志願すべきじゃないと？」

「もちろん志願すればいい、フルダ。だがここだけの話、わたしはリーズルが後任に決まるような気がする」スノッリは気まずそうに微笑んで立ち去った。つまり、この話はこれで終わりということだ。

7

「時間の無駄もいいところだ。どこかのばか娘のために、こんなところまで来なくちゃならないとはな」イーサフィヨルズル署の署長アンドリェスは入署一年目の新人警官に向かって言った。

アンドリェス自身は何年この仕事をしているかもうわからなくなっていた。近頃では何もかもが気にさわる。コーパヴォグルの女性からの電話も例外ではなかった。女性は娘を捜していた。だが娘は二十歳だという。もうおとなだ。あきれた勢いで、そんな大きな娘さんが迷子になんかならんでしょうとあしらった。母親は辛抱強く訴えた。娘が数日前から連絡を絶っている。ふだんはそんな子ではないと。そしてイーサフィヨルズルから車で一、二時間のミョイフィヨルズルのヘイダルアーというところに夏の別荘があり、娘はそこの鍵を持って出ている。もし近くを通ることがあれば様子を見てきてもらえないだろうかと。

アンドリェスは使い走りは警察の仕事ではないとことわった上で、ついでがあるのであとで立ち寄ってみるとしぶしぶ伝えた。本当はついでなどなかったが、暇をもてあましていたので、新人を連れてひとっ走りするのもいいかと思ったのだ。だが車に乗ってからずっとぼやきっぱなしだ。天気の悪さがさらにぼやきに拍車をかける。

「時間の無駄もいいところだ」アンドリェスは繰りかえした。

新人は何やらつぶやいている。ふだんから口数は少ない。口を開いても、こっぴどくやり込められるか、経験不足をあざ笑われるのが落ちだからだろう。

アンドリェスには長年の経験とそれに見合った権限がある。そのことを忘れてもらっては困るのだ。だから常に上からものを言う。新人は知らないことだが、老後のための蓄えを投機的なミンクの飼育事業で失い、高利貸しにすがることを余儀なくされていた。このところ給料から返済にまわす割合が加速度的に増えていた。

入り組んだ海岸線に沿って曲がりくねった道を走って六つ目のフィヨルドにあたるミョイフィヨルズルに入ったあと、ようやく目的の谷に着いた。そのまま走りつづけ、いよいよ道の終わりまで来たが家の一軒も見あたらない。新人に車で待つように指示し、アンドリェスは不平をもらしながら車を降りた。風と雨に打たれながらしばらく歩くと、夏の別荘らしき建物が現れた。

「これだな」アンドリェスはつぶやいた。

アイスランドの気候にも、北西部の単調な暮らしにも、いいかげんうんざりだ。夏が短すぎる。しかも寒いときている。そしてもう秋が始まった。冬の極寒期はスペインで過ごすという幼なじみがいるが、そんな贅沢《ぜいたく》はアンドリェスには夢物語でしかない。来る日も来る日も数えきれないほどの持ち場のフィヨルドを行き来して、ちょうどいまみたいに無意味な出動要請に対応している。捜しにきた娘だって、どうせ日常の煩わしさから逃れてひとけのないこの谷でしばらく過ごしたくなっただけだろう。

それはかつて流行ったアルファベットのAの形をしたコテージで、窓は入口のある正面とおそらく裏にもあるはずだ。アンドリェスはコテージに近づいていった。雨風が吹きつけてくるが、もっとひどい天気にも慣れている。ドアをノックして待ったが、応答はなかった。そういえばどこにも車がなかった。ということは誰も来ていないのだろう。

もう一度ノックしたがやはり応答はない。引き上げる前にいちおう窓からなかをのぞいた。ガラスが曇っていて見えづらい。ま、どうせ誰もいないだろう。無駄足を承知でここまで来たのは、しばらくこれをネタに人にぼやくことができると思ったからかもしれない。ほんと都会の人間には困ったもんだよと。ところがそのとき人の姿が目に入った。いや、目に入ったような気がした。

これは幻覚か？　それとも床に誰かが倒れているってことか？

自分の目が信じられなかったが、視力に問題はない。

なんてこった。

これはなかに入って確かめなくてはならない。ガラスを割って入るか、ドアをこじ開けるか。ガラスを割るほうが簡単だろう。だが試しにドアノブに手を掛けると、そのまま開いた。とたんにすさまじい臭いが襲ってきて、アンドリェスは思わず後ずさった。

いったいどういうことだ。

急いでパトロールカーが見えるところまで駆け戻ると、新人警官を手振りで呼んだ。

「おまえは外で待っていろ。わたしがなかに入る」

「うわっ……なんですかこの臭いは」コテージの前まで来ると新人は顔色を変えた。

「これは死臭だ」

8

アンドリェスのような古参でさえ動揺する光景がふたりを待ち受けていた。いや、何年経とうがこんな現場に慣れることはない。

床に若い娘の死体が横たわっている。ぞっとするほど目を大きく開き、頭の下に乾いて黒くなった血だまりが広がっている。

後ろむきに転んだのか、突き倒されたように見える。痛みを感じる間はあっただろうか。母親から聞いていた特徴から、消息を絶っているという娘に違いなかった。願わくば、母親に伝える役目は誰かに任せたい。

突然、外で音がしてアンドリェスはわれに返った。振りかえると、新人が吐いていた。怒鳴りつけたいところだが、それでどうなるものでもない。娘は明らかに死んでいたが、アンドリェスは身をかがめて脈の有無を確かめ、すでに冷たくなっていることも確認した。かわいそうに、ここに何日もこうしていたに違いない。

一体何があった？

事故か？　解せないのは車がないことだ。車もなくてどうやってここまでたどり着けたんだ？　ほかに誰か一緒だったに違いない。だがもしそうなら、なぜそいつはこの子が死んだことを知らせなかった。それとも殺されたのか？　こんな田舎で？　まさか、それは考えられない。

わかっているのは、自分にはこうした事件の捜査に口を出す権利はほとんどないということだ。それでも、証拠を台無しにしないように注意しなければならないことくらいは知っている。

事故だった可能性もある。だが、恐ろしいことがここで起きたんじゃないかという嫌な予感がした。

9

ヴェトゥルリジが浅い眠りから覚めたのは朝の六時だった。家のなかはまだしんとしていた。このところ眠ったのかどうかよくわからない夜が続いており、昼夜を問わず目の前にかすみがかかっているように見える。十月が終わり、外はほぼ一日中暗く感じるが、天気はこの時期にしては珍しくよかった。

ヴェトゥルリジと妻のヴェラはレイキャヴィークの南隣のベッドタウン、コーパヴォグルのメゾネット型の集合住宅に住んでいる。テラスハウスとフラットを足して割ったような中途半端な住まいだが、「たくさん部屋があってわが家には理想的」というヴェラの意見で購入を決めた。二階と半地階があり、バルコニーは南向きで、裏には共同庭園や小さな公園もある。

ヴェトゥルリジは小さな会計事務所に勤めているが、いまは休暇をとっているせいで、今日が何曜日かわからなかった。たぶん水曜か木曜だろう。銀行の窓口にいるヴェラもいまは仕事を休んでいるので、目覚まし時計はセットしていない。

息子が起きてくる時間までは寝ていてもよかった。その息子ももっと休めたのだが、わずか一週間で学校に戻ると決めた。親が引き留めたところで自分の思いどおりにする息子だ。自立心が強く、目的に向かって努力を惜しまず、頭もいい。あの子はいつかひとかどの人物になるだろうと夫婦の意見は一致していた。

もう一度目を閉じる。眠りたいが夢に待ち伏せされているようで怖い。この疲弊した状態から永遠に抜けだせないのではないかと思う。夢を見ずに熟睡できたら、そんなにありがたいことはないのだが。

しばらく横たわっていたが、ますます目が冴《さ》えてきた。このまま何もしないでいると頭のなかでまた堂々巡りが始まる。いまは考えたくない。

ヴェトゥルリジは起きあがると、妻が目を覚まさないようにそっとベッドを出た。幸い、今日はよく眠っているようだ。立ちあがった拍子にマットレスが少し揺れたが起こさずにすんだ。妻だけでも眠れたら、それはいいことだ。

キッチンに下りてコーヒーを淹《い》れようかと思ったが、物音を立てるのは気が引けた。足音をしのばせて息子の部屋を見にいく。いつものようにドアは閉まっている。

静かにドアを開けてなかをのぞく。よく眠っている。安堵で頬が緩む。心配する必要などないのだが、これがいまの暮らしだ。ヴェトゥルリジも妻も息子のことが心配でならなかった。

体がカフェインを欲していた。いや、何より欲しいのは酒だ。自分がまだ誘惑に屈していないことが驚きだった。案外、芯が強いのかもしれない。学生時代にはすでに酒は生活の一部になっていたが、量はコントロールできていた。いや、そう思っていた。その頃にヴェラと出会った。彼女自身は一滴も飲まなかったが、ヴェトゥルリジが軽く飲むことには反対しなかった。しかし年を追って量が増えていき、とうとう仕事にまで影響を及ぼすようになった。仕事を失いかけたことも一度や二度ではない。ヴェラには隠しておきたかったが、当然のことながらごまかしは利かなかった。それでも量を減らしただけで問題にきちんと向きあおうとはしなかった。

やがて家でも隠れて酒を飲むようになった。それは不幸な結末しか生まない危険なゲームだった。数カ月もすると酒はヴェトゥルリジの生活に欠かせないものになり、家族は二の次になった。家庭内で不協和音が生じはじめ、結婚生活も危うくなった。妻や子供たちの前でも平気で飲むようになり、大声をあげたりすることもあったが、暴力だけは振るわなかった。そこの線引きはできていた。しかし、それまでにあらゆる一線を越えていたことは事実で、妻はとうとう最後通告を突きつけた。治療施設に行かないなら、家を出ていってくれと。つらい選択だった。酒のために離婚する気は毛頭なかったので、もちろん助けを求める道を選んだが、体からアルコールを抜き、アルコールへの欲求を断つプロセスはかつてなかったほどの厳しい試練だった。おまけにヴェラはそうした状況をひどく恥じていて、ヴェトゥルリジが治療施設にいることを友人たちにひた隠しにした。どんな犠牲を払ってでも世間体は保たなければならなかった。だが叫び声や怒鳴り声を近所には聞かれていたはずで、大酒を飲んで深夜に帰宅したときなどは、明かりが消えた窓から好奇の目で見られているような気がしたものだ。揺れるカーテンの向こうでささやく声が頭のなかで響いた。また酔っ払って帰ってきた。家族も大変ねえと。

しかし、それは妄想で終わらなかった。治療施設にいたあいだにうわさが広まった。一家の主《あるじ》の不在の理由について憶測が飛びかい、ヴェトゥルリジとヴェラの耳にも入ってきた。嘘《うそ》やごまかしにうんざりしたヴェトゥルリジは妻に、みんなに本当のことを知ってもらおうと持ちかけた。すると頭がおかしくなったのかとでも言いたげな目で見られた。何よりも世間体が大事だった。

治療を終えて家に戻った日は心底ほっとした。家族は温かく迎えてくれた。ヴェラは肩の荷が下りたのか別人のようだった。時が経つにつれ、自分がしらふでも平気でいられることを知った。実際なんの問題もなかったので、誰も見ていないところでなら少しくらい飲んでもかまわないんじゃないかと思うようになった。何度もよく考えた上で、週末に家でひとりで留守番をしていたときに実行に移した。

また飲みはじめたことはまだ誰にも気づかれていない。用心しており、飲むのはひとりで週末を過ごすときだけだ。家族が出払っているときや、週末に出張が入ったときに飲む。適当な理由をでっち上げてひとりで旅行に出るときもある。行き先はたいてい西部フィヨルドにある夏の別荘だ。一本の酒瓶を旅の友にして。いや、一本ではない。万が一に備えて別荘のあちこちに隠してある。

そんな生活がうまくいっているということは、酒量をコントロールできているあかしであり、このまま続けても問題ないと自分に言い訳している。自制できるのなら深刻なアルコール依存症であるはずがないと。

だがいまは強い酒が欲しくてたまらなかった。せめてコーヒーだけでも飲みたいが、物音を立てて妻や息子を起こしたくなかった。

ヴェトゥルリジは忍び足で階段を下りるとリビングルームに向かった。部屋はきちんと整理され、不思議なほど静謐《せいひつ》だった。まるで何ごともなかったかのようだ。全世界がばらばらに吹き飛ばされたというのに。

今日はきっと晴れ渡った秋の空を見られるだろう。ヴェトゥルリジはバルコニーのドアを開け、パジャマ姿で朝のすがすがしい空気を吸いながら外を眺めた。まだ人っ子ひとり歩いていない。車も走っておらず、遠くでかすかに往来の音がするだけで、あたりは静まりかえっている。そのまましばらく寒さも忘れて静寂に耳を傾け、ひとりで朝の闇を見つめていると、やっと安らぎを感じられた。

ヴェトゥルリジは二階に戻った。もう一度横になって寝直すつもりだったが、ベッドに入ったとたんになんの前触れもなく静寂が破られた。

驚いてベッドを飛びでた。

こんな時間に玄関のベルが鳴った。

しばらく動けなかった。空耳であることを願った。

もう一度鳴った。さっきよりも長い。空耳ではなかった。誰かが来たのだ。急いで階段を下りているのに、スローモーションで動いているような錯覚を起こす。今度はドアを叩《たた》いている。脈が速まる。いったい何ごとだ？

ドアにたどり着き、開けようとしたそのとき、背後で音がした。振りかえるとヴェラがネグリジェ姿で踊り場に立っている。

「いったい何ごと、ヴェトゥルリジ？　こんな時間に誰なの？　何か……また何かあったのかしら」声が震えている。「あの子は……大丈夫よね」

ヴェトゥルリジはすぐに答えた。「大丈夫だ、あの子は。まだよく寝ている。いったい誰だろうな、朝っぱらから騒々しい。とにかく出てみるよ」

またドアを叩かれた。さっきよりも強く。

ヴェトゥルリジはドアを開けた。

10

男がふたり立っていた。娘の不審死の捜査を担当している刑事だった。強い恐怖を覚えた。こんな時間に来たのなら、いい知らせではないはずだ。

パジャマ姿で立っている自分がばかみたいに思えて言葉に詰まり、咳払《せきばら》いをして挨拶の言葉を絞りだした。

肩越しに振りかえると、ヴェラは近づきたくないかのように階段の上で立ちすくんでいる。

「おはようございます。少しなかに入ってよろしいですか」年かさのほうが言った。と言っても、まだ三十代前半だろう。名前はリーズルといった。

ヴェトゥルリジが脇に寄ると、刑事は玄関ホールに足を踏み入れた。

「奥に行きませんか……どうぞ、コーヒーでも淹れましょう」おそるおそる尋ねた。

「いえ、結構です」リーズルは答えると、ヴェラに向かって言った。「すみません、こんな早朝におじゃましまして。残念ですが……」

言葉を探している。

足音がして階段を見あげると、ヴェラの横に息子がいた。起きぬけの顔、くしゃくしゃの髪、アンダーパンツ一枚で立っている。

「どうしたの？」息子がヴェラに訊いた。「母さん、あの人たちは？」ヴェラは黙っている。「父さん？」不安げな顔でヴェトゥルリジを見つめる。

「署までご同行願えますか」リーズルが気まずい沈黙を破る。

妻と息子を見ていたヴェトゥルリジは、それが誰に向けられた言葉かわからなかった。

「誰がですか」

リーズルに向きなおって訊いた。

「あなたです。あなたに言っている、ヴェトゥルリジ」

「わたし？　わたしに同行しろと？　いま何時かわかってるんですか」なんとか落ち着こうとした。

「ええ、あなたに来てもらいます。時間が早いことは承知しているが、急を要するので」

「どういうことですか。わけがわからない」

「あいにく、それはここで申し上げることはできない」

若いほうの刑事は黙って後ろに控えている。

「いや……だが……」ヴェトゥルリジは口ごもった。なんて言えばいいのかわからない。何がどうなっているのか見当もつかない。

「さあ、行きましょう」リーズルは有無を言わさぬ口調で言った。

「少し……少し待ってください。起きたばかりなんです。息子が学校に行くのを見送らせてほしい」

「悪いが、いますぐ来てもらいます」

「しかし……それはわたしが決めることじゃないんですか」

「いいえ、われわれはあなたを逮捕しに来た」

「わたしを逮捕する？　どうかしてるんじゃないのか」自分でも驚くような大声が出た。「わたしを逮捕する？」繰りかえした言葉が叫び声となって響きわたる。

ヴェラが泣く声がして振り向くと、おびえた顔に涙が流れている。「ヴェトゥルリジ、どうして……」声を詰まらせる。

「父さんが何をしたって言うんだ」息子が声をあげる。

刑事は口ごもる。どう説明したらいいのかわからないようだ。「お父さんに来てもらうのは調書をとるためだ」そう言ったが、それだけでないのは火を見るより明らかだ。

「だったら問題ない」ヴェトゥルリジは息子と妻の顔を交互に見ながら言った。「大丈夫だ」ふたりのためにそう言った。

「行っちゃ駄目だ！」まだ目も覚めきっていない息子が声を張りあげる。見るからに動揺している。

「大丈夫だ、大丈夫だから」ヴェトゥルリジは息子をなだめると、振りかえって若いほうの刑事に訴えた。「着替えさせてもらう。パジャマのままってわけにはいかないだろう」

するとと年上の刑事がヴェトゥルリジの肩に手をかけて代わりに答えた。「悪いが、そのまま来てもらいますよ。着替えはあとで持っていくので、外で待機している者がここを捜索するあいだ、あなたには署にいてもらいます」

「捜索って……家宅捜索するのか？」ヴェトゥルリジは一瞬、恐怖で気を失いそうになった。目を閉じ深呼吸をしながら気持ちを落ちつける。いま倒れるわけにはいかない。妻と息子の前だ。しっかりしろ。

「やめて、連れて行かないで！」さっきまで凍りついたように立っていたヴェラが叫びながら階段を駆け下りてきた。前に立ちふさがった若い刑事をわきに押しやろうとする。

「落ち着くんだ、ヴェラ。そんなことをしたら、よけいに事態を悪くするだけだ」

母親のあとを追って下りてきた息子が若い刑事を押しのける。「父さんを放せ。父さんを放すんだ！」

ヴェトゥルリジはリーズルに付き添われて、開いたままだったドアから外に出た。あたりはまだ暗かったが、家の前に警察の車が二台とまっているのが見えた。リーズルに腕をつかまれてポーチの階段を下りる。家族のある男がパジャマ姿で逃亡するとでも思っているのだろうか。こんな仕打ちは屈辱以外の何ものでもなかった。

「父さん！」息子が叫んでいる。車に乗る前に振りかえると、この寒さのなかを下着姿で階段を下りてくる息子が目に入った。「父さんを放せ！　父さん！」喉が張り裂けんばかりの声だった。ヴェトゥルリジはそのとき近所のカーテンが一斉に揺れたような気がした。平穏な朝を奪われたのは隣人も同じだった。目撃した者は一生この光景を忘れないだろう。ヴェトゥルリジが夜明けにパジャマ姿で警察に家から引きずり出され、息子が声を限りに叫んでいたことを。

いったいあの男は何をやったんだ？

おおかたの者はすぐに勝手な結論を引き出すことをヴェトゥルリジは知っていた。

11

ヴェトゥルリジの心は希望と絶望のはざまで揺れ動いていた。狭い独房で目を閉じたまま座っている。なぜこんなところにいるのか理解できなかった。この数週間ずっと悪夢を見ているようなものだ。いや、そうに違いない。びっしょり汗をかいて目を覚ましたら、きっと自宅のベッドにいて隣にヴェラが寝ているはずだ。そしてまたすべてが元通りになっているだろう。

そんな幻想に希望を見いだしては、もう元には戻れないのだという現実に打ちのめされる。

ヴェラが心配だった。目の前で夫を逮捕されて平気なわけがない。きっと何かの間違いだと思っているだろう。そう思わないと耐えられないだろうし、こんなことが事実であるわけがないのだから。それとも、もう違う結論に達しているだろうか……そんなことは考えたくない。

ここに閉じこめられてからどのくらい時間が経ったのか見当もつかない。腕時計は没収された。もうかなり経っているはずだ。普通なら働いている時間だろう。するとまた近所の目が気になってきた。いまはそんなことを気にしている場合ではないだろうに……それでもどうでもいいとは思えなかった。あそこで暮らして十年になる。近所の評判は大事だ。名前もろくに知らない間柄でも、隣人の目は鏡のようなものであり、その鏡を見たときに好ましい姿で映っていたいと思う。堂々と顔を上げていたいと。だがもう無理だ。それは妻も同じだろう。これからは家族全員がこの恥辱に耐えていかなくてはならない。

監禁状態にあることは気にしないようにしている。気にしたら終わりだ。負けを認めてタオルを投げこむようなものだ。幸い狭いところにいても問題はない。閉所恐怖症だったら、もっと窮地に追いこまれているところだ。壁に窓はなくドアは施錠されている。司法制度の慈悲にすがるしかない身だ。いや、冷静になれ。望みを捨てるな。いつかは釈放される。

弁護士は要るかと訊かれた。弁護士なんか知らないし、一度も世話になったことはないから、誰に電話をかけたらいいのかわからないと答えた。すると、弁護士は警察のほうで手配できるから心配しなくていいと言われた。しばらくその申し出を考えているうちに、それでは罪を認めることになると気づいた。罠《わな》かもしれない。弁護士が必要だと答えたら、自白したも同然だと解釈されるかもしれないと。

12

イーサフィヨルズル署のアンドリェスは、レイキャヴィークの刑事から会ってコーヒーでも飲みながら話しませんかと言われたとき、正直、誇らしい気分になった。管内の別荘で若い娘が死体で発見された件だった。あの現場の光景は脳裏に焼き付いている。長い経験のなかで自殺や事故の現場は何度も見てきたし、死後数週間も経って発見された高齢者の孤独死の現場にも立ち会った。だから自分では何を見ても驚かないと思っていたが、殺人事件に遭遇したのはあれが初めてだった。

電話をかけてきたのはその捜査を担当しているリーズルという刑事で、まだ三十代前半とおぼしい若造だがなかなかのやり手のようだった。

ふたりは〈モッカ・カフィ〉というアンドリェスも評判だけは知っているレイキャヴィークのカフェで会うことになった。

時間どおりに店に着いたアンドリェスはブラックコーヒーを買って窓際の席に座った。ほかに客はいなかったが、まもなく若い男が入ってきた。リーダーシップをとりたがる男に特有の尊大さをまとっている。身長は低く、筋肉でカバーしているような体形だ。男はアンドリェスを認めるとまっすぐにやって来た。

「どうも。リーズルです」そう言って手を差しだし、たじろぐほどの力でアンドリェスの手を握った。

「ああ、どうも」

「ちょっとコーヒーを買ってきます」リーズルはカウンターに行き、カップを手に戻ってきた。

「ご足労願ってすみません」愛想はいい。

「いやまあ、お役に立てるんなら」アンドリェスは少し不安になった。考えてみると、仕事の話をするには妙な場所だ。リーズルはなぜこんなところに呼び出したのだろう。犯罪捜査部のオフィスに田舎警官は通せないってことか？　いや、むしろ地方の警官と親睦を図ろうとしているだけだろう。アンドリェスは疑念を振りはらった。

「実に嫌な事件です」リーズルは言った。

「まったく」

「あなたが現場に最初に入ったんですよね。目も当てられなかったんじゃないですか」

「まあ、あまり経験したことのない現場だったがね」

「わざわざお呼びだてして、そちらの仕事に支障をきたすことになって申し訳ない」

「いや、それは問題ない」

「そんなことはないでしょう。しかし、現場のことを詳しく訊ける人はあなたしかいませんから」そしてついでのように言った。「かわいそうな娘だ」

アンドリェスはうなずいた。この会話がどこに向かっているのかわからない。

「とにかく逮捕した男が犯人だとわれわれは確信しています」リーズルは話を続けた。

「捜査は順調に進み、あらゆる証拠が彼の犯行だと示している」

「それはよかった」アンドリェスはコーヒーカップに向かってつぶやいた。

「この事件は早急に解決しなくてはならなかった。若い女性が殺されたとあっては世間は黙っちゃいない。殺人なんてめったに起きないから、早く犯人があがらないかとみんなやきもきしていた」

「そしてお宅らは見事に逮捕にこぎつけた」

「遺留品のセーターが決め手になりました」リーズルは言った。

「セーター？」

「ええ、死体のそばでロパペイサが発見された。首まわりに灰色と白と黒の模様が編みこまれたセーターです。聞いてないですか。マスコミには詳細を伏せていますが」

「いや、わたしは聞いてない」

「犯人はセーターを現場に残していった。彼は自分のものだと認めた。事件の数日前にレイキャヴィークでそのセーターを着ていたという目撃証言もとれている。彼があの週末に別荘にいたことは明白です。当の本人は別の主張をしていますがね。あなたは本当にセーターを見た覚えはないですか」

「ないが、実際のところ死体と血を目にしただけで頭がいっぱいで、ほかに目をやる余裕はなかった。それほどひどいありさまだった」

「いいんですよ、よくわかります」リーズルは落ち着いていた。「セーターが決め手となったのは、血液が付着していたからです。あなたが覚えていたらありがたいんですがね。なんと言っても、あなたが現場に真っ先に入ったわけだから。セーターを発見したのはうちの科学捜査班です。われわれとしては被害者が死んだときにそれが現場にあったという確証が欲しい」

「わたしが覚えていたらありがたい？」アンドリェスは困惑した。「そう言われても、わたしには覚えがない」

「ええ、わかっています。だがもし思い出せたら、それに越したことはない」

「意味がよくわからないんだが」

「もちろん、ほかにも証拠はいろいろとつかんでいる。すべて動かぬ証拠であり、あいつも裁判が始まる前に自白するでしょう……がしかし、われわれとしては万全を期したいじゃないですか。どうでしょう、思い出せませんか？　被害者の手元か体の下にセーターがあったんじゃないですか」

「だから……本当にわたしは覚えてないいんだ」

「娘はセーターを握っていた。それこそが彼の有罪を裏付けている。争った証拠なのか、あるいは被害者がわれわれにメッセージを残そうとしたのかもしれない」

「悪いが、とにかくわたしは……」呼吸が浅くなり息切れがする。追い詰められるとそうなる。肥満のせいだ。汗も噴き出てきた。

「あなたは法廷でそのロパペイサについて訊かれます。この点を立証することがとても重要なんでね」

「だが、わたしにはどうしようもない。実際、覚えがないんだ」年齢も経験もこっちが勝っているにもかかわらず、この強引なレイキャヴィークの刑事を前にすると、いつのまにか劣勢に立たされていた。

リーズルはコーヒーを飲む。「ここのコーヒーは悪くないでしょう」

アンドリエスはうなずいた。

「最近、ある男を捜査していましてね」リーズルは話題を変えた。「どうやら高利貸しをしているようなんです。あなたのところにもそういう連中はいますか」

アンドリエスは息をのんだ。それが何を意味しているのか、リーズルの話がどこに向かっているのか知りながら、思い違いであってほしいと願った。返す言葉がなかった。

「まったく腹立たしい話だ。その男はなんと百パーセントの利息をとっている。二百パーセントとることさえある。そんな男と関わり合いになった者は実に哀れだ」

アンドリェスは黙っていた。素知らぬ顔を保つことに集中した。

「こうした捜査線上には実に意外な人物が浮上してくるものでしてね。怪しげな商売に金を貸している男に、ごく普通の人間も金を借りていることがわかる。よほど困っていたんでしょう。われわれとしてはそうした窮地にある人の名前は捜査対象からはずしたい。書類に残すのは酷だ。そうでないと要らぬ興味をかき立てることになる」

「なんの話かわからないんだが」アンドリェスは思い切って言った。

「そうですか。いえね、あなたの名前が出てきたと聞いたんですよ。心当たりはないですか」

アンドリェスは答えなかった。

「こういう話は外にもれるとまずいんじゃないかと思いましてね。かなりの大金を借りてますよね」

「恥じることはしていない。た、ただの借金だ」

「いいでしょう、あなたがそう言うなら」リーズルは立ちあがった。「考えておいてくださいう。この話はまだイーサフィヨルズルの人の耳には入っていないでしょうし、入ったところであなたの立場に影響はしないんでしょう。わたしにはわかりません。とにかく証言するときには、身辺がきれいになっていることを願っていますよ。われわれはこの人でなしを無罪にするわけにはいかない」

13

アンドリェスは法廷で証言を終えてレイキャヴィークから自宅に向かっていた。車の速度が落ちているのは考えごとをしているせいだ。道の状態は悪くない。冬なら充分予想される程度のもので、西部フィヨルドにさしかかり、荒野に入ってからもそれは変わらなかった。周囲は朝からずっとモノクロの世界だが、白い雪も、黒い岩も、灰色の海も、灰色の空も、アンドリェスの目には入らない。レイキャヴィークでしてきたことで頭はいっぱいだった。

二カ月前にリーズルという若い刑事に会ってから、アンドリェスの人生は一変した。高利貸しから金を借りたからといって法を破ったことにはならないが、人には知られたくなかった。金を借りたときに悪魔と取引をしたという自覚はあった。相手はかなりうさんくさい男で闇社会とのつながりもある。アンドリェスのような地元で一目置かれる警官がそんな悪党と関わりを持つべきではなく、ましてや金を借りるという弱い立場にまわることなど言語道断だ。だが、それが自分のしたことであり、その事実から逃れることはできなかった。

地元で一目置かれる警官……そう、それが問題なのだ。アンドリュスは生涯を通じて、正直で信頼できる立派な男だという評判を築いてきた。法と秩序を守る人間として、小さな町の柱となり、ライオンズクラブやフリーメイソンといったさまざまな団体にも名を連ねる高潔な市民だ。そのイメージが壊されることには耐えられない。家族のこともある。家で帰りを待つ妻は出張の成果を尋ねるだろう。恐ろしい罪を犯した男にその罪を償わせるお役に立てたんですかと。すでに成人した息子と娘は父親をずっと尊敬してきた。初孫もできた。そんな家族をスキャンダルに巻きこめるわけがない。

リーズルが再び接触してきたのは、アンドリュスが法廷で証言する日の直前だった。死体のそばにセーターがあったことを示す写真はあるが、現場の仕事がいいかげんだったせいで被害者が父親のセーターを握っている写真がないと言った。そしてあの話を繰りかえした。被害者がセーターを握っていたとアンドリュスが証言することが極めて重要なのだと。それが犯人と争った証拠であり、もしかしたら被害者が死ぬ間際に誰に殺されたのか伝えようとしたのかもしれないと。さらに、もし法廷でそう証言したら勾留中の高利貸しと取引し、借金を帳消しにさせ、アンドリュスの名前が捜査書類に残らないようにすると約束した。アンドリュスは耳を疑ったが、ありがたい話であることは否定できなかった。それに、嘘をつけと言われたわけではなかった。セーターがどこにあったか覚えていないのは事実だが、リーズルが証拠をねつ造していると疑う根拠もなかった。きっとあの若い刑事は正義感から、あんな凶悪な犯罪をしでかした男にしかるべき罰が下るのを見届けたいだけだろう。被害者はまだ若い娘だった。しかも、自分の娘を手にかけたというではないか。だからリーズルに言われたとおりに証言を変える気になった。アンドリェスは何度も自分にそう言いきかせた。正義が果たされることを望んで何が悪いと。だがそれが本当の理由ではないことを自分が一番よくわかっており、気に病まずにはいられなかった。アンドリェスの証言はリーズルに指示されたものだ。いまはただ被告が自白することを願うばかりだ。アンドリェスは次第に不安になってきた。もし誤認逮捕だったらどうするんだ？

急に現場をもう一度見てみたくなり、別荘のある谷に向かってハンドルを切った。あそこで見たことを振りかえり、自分は何も間違ったことはしていない、正義を果たすための道を整えただけだと納得したかった。

車を駐《と》め、雪に覆われた道を重い足取りで別荘に向かった。ここであんな事件が起きたことを恨んだ。ガラスの霜を掻《か》きとって、あの日と同じように入口の横の窓からなかをのぞき込む。見るべきものはなく暗くひっそりとしている。あの家族がここを使うことはもうないだろう。いつか事件のことが人々の記憶から薄れるときが来たら、何も知らないおめでたい都会の人間に売却されるだろう。

事件は解決した。ありがたいことだ。これで終わった。犯人は逮捕された。レイキャヴィークの犯罪捜査部がこんな大きな事件でミスをするはずがない。アンドリェスにはこんな捜査の指揮をとる能力はない。自分に課された役割はごく小さなものだ。司法制度の取るに足りない歯車のひとつにすぎない。ごく短い証言をしただけだ。

被告はいま評決を待っている。アンドリェスが声をかけた警官の多くは有罪を確信していた。確かに胸が悪くなる事件だが、その忌まわしさを詳細に論じて楽しんでいるようにも見えた。警察と検察の申し立てによる事件の経緯は、世間の口さがない連中が喜びそうな異常で驚く内容だった。アンドリェスは被告に一抹の哀れみを覚えずにはいられなかった。警察を信じていないわけではない。それでも哀れに思った。だが最も同情したのは被告の妻と息子だ。息子は大人と言ってもいい歳だが、裁判のあいだずっと頭《こうべ》を垂れ、打ちのめされているように見えた。

気がつくとまだ別荘の前にたたずんでいた。こんな凍《い》てつく寒さのなかでいったい何をしているのだろう。足が鉛のように重かった。目を閉じて、秋に見た光景を目に浮かべた。

考えれば考えるほど確信した。娘はセーターを握っていなかった。そうだ、それは覚えている。

くそっ。

法廷で嘘をついた。さらに言うなら、最初から心の底では嘘だとわかっていた。それなのに、事件現場を再訪してやっと細部の記憶が戻ってきたことにしようとしている。

問題はこの嘘が重要かどうかだ。あの証言は本当に決め手になるのだろうか。被告が有罪になったら、その判決にどの程度かかわったことになるのだろう。いまからレイキャヴィークに戻って証言を撤回したらどうなる？　裁判官は検察側の申し立てすべての信頼性が損なわれたとして、被告を無罪としないだろうか。恐ろしい罪を犯したかもしれない男を……。

足が鉛のように感じて当然だ。決断しないと先には進めない。このままにしておくか、レイキャヴィークに戻ってすべてを打ち明けるか。

嘘をついたまま生きていくか、解雇され名誉を失う危険を冒してでも真実を話すべきか。その場合、家族はどうなるだろう。

決心がつくまで、アンドリェスはその場から動けなかった。

14

ヴェトゥルリジは混乱する頭を抱えて独房で判決を待っていた。できることと言ったら、ひとかけらの正気にしがみつくことくらいだった。

裁判が終わると、弁護士はなんでもない顔をしていたが、目を見れば楽観していないことはわかった。「最後には正義が勝つと決まっています。心配しないように」と言って、いつものようにすまなそうに急ぎ足で去っていった。彼には彼の生活があり、ヴェトゥルリジの運命だけを考えてはいられないのだろう。

家族に思いを馳《は》せては泣いている。長期に及んだ監禁生活に意志も気力も砕かれ、半分死んでしまったようなものだった。ここにいると窒息しそうになるときがあって、初めのうちは夜中に叫び声をあげて目が覚めたり、血がにじむまで壁を叩いたりもした。眠れない日が続き、呼吸も満足にできていなかったように思う。その頃よりはましになったが、慣れることはない。留置室に監禁されていたときが最悪だったが、いまいる独房もたいして変わらず窮屈で逃げるところもない。

家族との面会は許されているが考えないようにしている。家族に合わせる顔がない。それほど深く恥じていた。家族の目の前で逮捕された上に、こんなおぞましい罪状で起訴されたのだ。妻と息子がどんな思いでいるかずっと考えている。息子はもう十九歳だが、あの朝、息子の悲鳴を聞いたときは胸が突き刺される思いだった。

どんな判決が出ようと、二度と普通の暮らしには戻れないと思う。家族との関係は永遠に修復できない。たとえ無実が認められても、家族は密《ひそ》かに疑念を抱きつづけるだろう。では家族以外はどうだろう。仕事に戻れるだろうか。堂々と顔を上げて道を歩けるだろうか。隣人と目を合わせられるだろうか。

判決に対する恐怖に加えて、さまざまな不安がさらに重く心にのしかかる。生身の人間ならこんな重荷はとても背負っていけない。ときどき夜寝る前に、二度と目が覚めなければいいのにと考えることがある。

15

長い一週間を終え、フルダは疲れきった体で金曜日の夕方を迎えた。この週末は珍しく仕事を休めそうだった。こんなに疲れるのは時間と労力を要する事件ばかり担当しているからで、正直きついと感じるときもある。警察の仕事は毎日決まっているわけではない。朝出かけるときには何があっても対応できるように準備をしておかなければならない。夜は夜でいつどんな呼び出しを受けるかわからない。暴力事件はもとより死亡事件が起きることもある。年を重ねるにつれ、家庭に仕事を持ちこまないことがいかに大切かを学んできた。

初めの頃はそれがなかなかうまくいかなかった。いまでも常に待機しているという意識はあって、その日のうちに片付けられなかった仕事にずっと気を取られていることもある。だが食卓やリビングでは仕事の話はしないようにしている。いや、家では仕事の話はしない。家はフルダにとって厳しい仕事から逃れられる唯一の避難場所だから。

金曜日の午後とあって道は混んでいたが、アゥルタネースへの分岐が近づくにつれ流れはよくなり、フルダはシュコダのアクセルを踏んだ。これは今年の初めに買った車でとても気に入っている。生まれて初めて自分専用の車を持った。それまでヨンと一台の車を共用していたが、使いたいときに使えないことがたびたびあり、特に郊外で暮らすようになってからは難しくなった。そこで昨年はヨンの仕事が順調だったのを機に、二台目の車を買うことにした。車種の選択はフルダに一任され、限られた予算のなかで惚《ほ》れこんで選んだのがこの緑色の2ドアタイプのシュコダだ。

今日の夕食は前もって準備しておいた。冷蔵庫に下ごしらえしたハンバーガーの材料とコーラが入っている。手間をかけずに夫も娘も喜んでくれる献立だ。夕食のあとは三人でテレビを見るのが習慣になっている。娘に付き合っているだけで、フルダ自身はあまりテレビは見ない。暇があれば家のなかより外で過ごしたいほうだ。庭に出たり、海を眺めたり、山を歩いたり。一方、ヨンはアウトドア好きではないのだが、フルダの趣味に合わせて中央高原地帯《ハイランド》にも同行してくれる。

もちろんディンマが生まれてからはそうした旅行は減った。小さな子供を連れて危険な高地に行こうとは思わない。それでも行かなくなったわけではない。幸い子守はいた。フルダの母がディンマが生まれたその日から世話を買って出た。以来、頼んだときはいつもよく面倒をみてくれる。娘のフルダよりも孫のディンマとのほうがうまが合うようだ。ディンマとの関係のほうが親密で情愛に満ちているように思う。

ディンマはもうすぐ十三歳になる。自立心が芽生えしっかりしてきたのはいいが、思春期特有の問題も生じている。気分が変わりやすく、かんしゃくを起こすこともあり、以前ほど親と一緒に過ごしたがらなくなった。近頃では帰宅するとまっすぐ自分の部屋に行って閉じこもってしまうことも珍しくない。心配なのは友だちまで遠ざけていることだ。そんなことを続けていたら学校でも孤立してしまうかもしれない。ゆっくり話し合おうとしても、沈黙で終わるか、ひどい口げんかに発展するかのどちらかだった。それでもこれは成長していく上で誰もが通過する一時の問題にすぎないという希望にすがっている。

両親が家で過ごす時間が少ないことも関係しているのだろう。フルダは夜勤に就くこともあり、ヨンは医者から心臓に問題があると指摘されながら、仕事中毒のように朝から晩まで働きづめの生活を送っている。医者から処方された薬は欠かさずのんでいるのは、のまなければ生死に関わると明言されたからだろう。だが仕事で無理しないようにという命令とも言える指示のほうはまったく無視している。

ヨンにもっと厳しく言うべきなのだろうが、薄給の身で何不自由なく暮らせるのはヨンのおかげだという意識がある。ヨンの仕事については漠然としか知らない。輸入業で相当な利益を上げ、その金をよその会社に投資して〝うまく運用している〟らしい。フルダの知る限り、昼間は銀行とのやりとりに費やしている。少しゆっくりしたらどう？　と言ったのは一度や二度ではない。経済の動向を昼も夜も見ている必要はないんじゃないかと。するとヨンは、もし目を離してしまったら、途中で負けを認めて有り金を全部捨ててしまうようなものだと言った。それ以来フルダは口を出さなくなった。

市街地を離れ緑豊かなアゥルタネースの半島にさしかかった。ベッサスタージルの白い大統領官邸を通りすぎ、水平線に向かって広がる海を見ながら、気づくと家族と過ごす金曜の夜のひとときを楽しみにしていた。仕事柄無残な現場を目にしなければならないこともある。すると脳裏に焼きついてしまったかのようにその光景が突然目に浮かぶときがある。

ヨンとディンマはフルダにとっての聖域だ。ふたりの顔を見て、ふたりを抱きしめることで仕事を続けていく力が得られる。

今朝、母から職場に電話があった。いつものようにしばらく会っていないことを娘に思い出させた上で、週末に一緒にコーヒーでもどうかと誘われた。フルダは仕事を理由に断った。本当は母に会う気分ではないだけだ。母のことは好きだが普通の親子とは少し違う。もっといい関係でありたいが、父に会いたかったという思いのほうが強い。フルダは母とアメリカ兵とのつかの間の関係で生まれた子供だ。母はフルダの父親に妊娠したことを伝える勇気を持てないまま、フルダを産んだあともその人を捜そうとはしなかった。

どんな一週間であれ金曜日の夜は巡ってくる。フルダは嫌なことは忘れてテレビで娘が好きな番組を見るのを楽しみにしていた。

アゥルタネースのわが家に着くと、家のなかは妙に静まりかえっていた。

「ディンマ？」

返事がない。

「ヨン？」

「ここだ、書斎にいる」大きな声が返ってきた。

フルダは書斎のドアを少し開けてなかをのぞいた。机に向かっているヨンの背中が見える。

「ヨン、ディンマはどこ？」

「ちょっと待って」机に向かったままで答えた。

「仕事中？」

「ああ、悪い、今夜中に片付けなくちゃならないことがあってね。ふたりで先に食べてくれないか。夕食は何？」

「ハンバーガー」

「いいね。あとで食べるから残しておいて」

「ディンマはどこ？　まだ帰ってきてないの？」

「いや……部屋にいる。ドアに鍵をかけている。学校で何かあったんだよ」まだ背中を向けている。

「またなの？　一晩じゅう部屋にこもらせているわけにはいかないわ、こう毎日じゃ……」

「そういう時期なんだ。そのうち収まる」ヨンは取り合わなかった。

第二部　十年後、一九九七年

1

ダーグル

外は夏だ。本物の夏だ。温度計が二十度近くまで上昇し、風はまったく吹いていない。キングサリの花が満開になり、通り道の家の庭に黄色い花の房がいくつも垂れさがっている。ダーグルは立ち止まって、レイキャヴィークの夏の香りを吸いこんだ。そう言えば、キングサリの花には毒があると聞いたことがある。だとしても驚くことではない。この世界のどこに危険が潜んでいるかわからないことは経験から知っている。毎日見ているあの花だって毒かもしれない。

介護施設に入っていくのは、終わりのない秋に足を踏み入れるようなものだ。抑えた色調の壁が来るたびに色あせていくように思え、すりガラス越しに入る鈍い陽射しを見るといつも憂鬱な気分になる。来なくてもよければ来ていないだろう。面会を終えて外の空気を吸うといつもほっとする。外の天気がどうであれ、ここのよどんだ空気よりははるかにましだ。

母はまだ六十三歳で、施設に入るには早すぎるが、この十年で心身ともに変わり果て、他に選択肢はなかった。どこが悪いのか医学的にはよくわかっていない。言ってみれば闘うことをやめてしまったみたいな感じだ。

階段を駆け上がって、暗い廊下を進み母の部屋に着いた。狭くて殺風景だが、個室という最低限の条件は満たしている。母はいつものように窓辺に座って、特に見るものもない外を眺めていた。その姿を見るたびに、彼女が見ているのは外の景色ではなく、記憶のなかの古き良き日々の光景なのだろうと思う。

この施設に入所させて三年が経つ。入所を決めたのは世話が手に余るようになったからだけでなく、自分も前を向いて生きていく必要があったからだ。いつまでも過去にとらわれていられなかった。家に漂う静寂に圧倒されるあまり身動きがとれなくなっていた。

あんなことがあっても、どうにか高校の卒業試験に合格した。その後一年間は勉強を休んだが、友人のように旅行に出たわけではなく、ずっとアイスランドにいてアルバイトをしながら、母親が生きる力をもう一度見つける手助けをしていた。当時、母は勤務時間を減らしてはいたがまだ銀行で働いていた。精神的にもかなりコントロールできていて、動揺や緊張はむしろ疲労感や激しい痛みといった身体症状となって現れた。それでもパートタイムでなんとか働きつづけていたが、最終的には仕事をあきらめざるをえなくなり、障害者手当で暮らすようになった。そうした状況のなかで、ダーグルは大学のビジネス・コースへの進学を決めた。早く自立して、近い将来、経済的にも母親を支えていかなければならなくなると考えたからだ。夢を追うことは当面棚上げにせざるをえなかった。

勉強は楽しくなかったが、ダーグルにとって修得しやすい分野だった。数字に強く、臨機応変に考える力が買われ、卒業後は金融業界に就職し、七年になる。二十九歳の銀行マンだ。十九歳の頃の自分が聞いたらとても信じられなかっただろう。

付き合った女性は何人かいるが、誰とも本気にはならなかった。それでもいつかは結婚しなければならないと思っている。いい女性《ひと》を見つけて、子供をつくって、家庭を持つ。いまはまだ実家に住んでいる。ひとりでは広すぎる家で、多すぎる思い出に囲まれて暮らしている。引っ越しに二の足を踏んできたのは、母の気持ちを思いやってのことだが、その母はもうクリスマスとイースターにしか帰ってこない。

そろそろ過去との折り合いをつけて、前に進むときだ。十年前、母も自分も心的外傷《トラウマ》のカウンセリングを勧められることはなかった。いまと違って当時はそういうものだった。自分でどうにかするしかなかった。

このところ不安でしかたがない。身を立てて名を上げたい、もっといい将来を築きたいと心底思う。このまま永久につまらない存在として取り残されるのは嫌だ。自分はそんな人間じゃない。投資銀行のトレーダーなんか辞めて、新しいことに挑戦したい。

「母さん、ぼくだよ」職場から直接来たのでスーツ姿のままだったが、どんな格好をしていてもどうせ何も言わない。たぶん気づいてもいないのだろう。

振り向いた母の目はまだ遠くを見ていた。それでも一応は息子のほうに向けられていて、家庭を守っていた頃の母を垣間見《かいまみ》たように思った。

「あらダーグル、変わりはない？」少し遅れて訊かれた。調子のいいときもあるが、現実を拒み過去に引きこもっているようなときもある。医者から明確な説明を得られたことはなく、たいていはトラウマのせいにされる。母が経験したトラウマはひとつやふたつではなかった。調子のいいときでも、ふたりのあいだには説明のできない、息子には埋められない距離がある。それでも母性愛はまだ感じられる。母は自分を守ってきた殻を破って出てくる気になれないだけだ。そこにいるほうが幸せなのだろう。だから闘うことをやめてしまったのだと思う。

「元気だよ、母さん、ありがとう」

「それはよかった」

「今日は外に出た？　いい天気だよ」

しばらく待っていると母は言った。「どこにも出ないわ。あなたのところに行く以外はね。ここがいい」

「家を越そうかと思ってるんだ」まだ伝える気はなかったのに口走っていた。動揺させたくなかったが、声に出して言うことで現実味が増した。

「それはよかった。もうそうしないとね」

不意を打たれた。てっきり考えなおすよう説得されると思っていた。

「いや……まだ何も決めたわけじゃないんだ」そのとき、自分は母親を言い訳に使っていたのかもしれないと気づいた。認めたくはないが、過去と折り合いをつけられないのは自分のほうじゃないかと。あの家を本当に売ってしまいたいのか？　いい思い出も悪い思い出もひっくるめて捨てたいのか？　いや、悪い思い出のほうは、もはや消すことのできない体の一部になっている。

「わたしのために先延ばしにしないで」母は微笑みながら言った。憂いを含んだ笑みだったが、一瞬霧が晴れて十年前の彼女を見ているような気がした。

ダーグルは泣かないようにしてきた。十年前も泣かなかった。涙をこらえて別の形で感情を吐露していた。それなのに突然いまになって抑えていた涙が一気にこみ上げてきた。ダーグルは慌てて話題を変えた。「それはそうと母さん、気分はどう？　体調は？」

「わたしはいつも疲れてる。見てのとおりよ。ちっとも良くならないし、いつか良くなるとも思わない。あなたに会うのは嬉《うれ》しいけど、ふだんはほとんど寝てる」

こうなることをダーグルはずっと恐れてきた。母は施設の入所者との付き合いがほとんどない。社会とのつながりもいっさい断っており、銀行時代の同僚や学生時代の友人とも疎遠になっている。あのとき以来、過去に通じる扉をすべて閉ざしてしまった。底知れぬ孤独はみずから招いたものであり、そのせいで心身の健康を害したんじゃないかと思うことがある。医者はたいていうつ病だと言うが、処方された薬をのんでも無気力になっていくだけに見えた。

母が事件に触れることはほとんどない。それが千言万語を費やしても表現しえない苦痛に対処するための彼女なりの方法なのだろう。あいにくダーグルにはまだ見つかっていないが、違った方法であってほしいと願っている。だが、どうだか。結局のところ同じ遺伝子を持っているのだ。ダーグルも事件のことは口にしない。友だちにも話すことはなかった。

「体を大事にしなくちゃ。一度うちに食事をしに帰ってくれれば？」

「クリスマスにはね。あなたにはあなたの生活があるでしょう」

「でも――」

電話が鳴った。

「なんなのこの音は？」

「ぼくの電話だよ、母さん」ダーグルはけたたましい音にかき消されないように答えながら、上着のポケットから電話を取り出した。

「ああ、それ……携帯電話ね。どうしてそんなものを持ち歩かなくちゃならないのか知らないけど。見栄っぱりしかそんなもの使わないと思ってた」

「銀行に持たされているんだ。いつでも連絡がとれるように」

「わたしが銀行で働いていたときには考えられないことね。接客の邪魔になるでしょう」

母が息子も自分と同じように銀行の窓口業務をしていると思っていることはずいぶん前から気づいていたが、説明する気にはなれなかった。母が働いていた銀行は国営だったし、アイスランドで証券取引が活発になったのは比較的最近のことだ。母は仕事を辞めてから外の世界に関心を持たなくなった。証券界の話をしても通じないだろう。

電話は古い友人からだった。いまでも関係は悪くないが、以前のような親密さはなくなっている。ふたりのあいだに説明できない影がずっと落ちているみたいな感じだ。

「いま電話しても大丈夫か」

ダーグルはわびしい部屋をさっと見まわした。母が笑みを浮かべて、行きなさいというように合図をする。平気な顔をしていても息子に会えるのを楽しみにしていたのはわかっているので、長居できないことを恥じた。

「ああ、いいよ」そう答えると立ちあがった。頰にキスをすると、肩にそっと手を置かれた。また涙がこみ上げてくる。くそっ、今日はどうしたんだ。

ダーグルは急いで部屋を出た。

「ずっと考えていたんだが」友人は言った。「最後に集まってからずいぶん経つだろう、あいつらと。実は昨日クラーラから聞いたんだが、アレクサンドラがいまこっちにいるらしい。それで週末なら会えるそうなんだ」

ダーグルは黙ったまま階段を駆け下りた。外に出て早く新鮮な空気を吸いたくてたまらなかった。

「今年で十年だ……」

「ああ、わかってる」

「節目に何かしようと思ってさ、同窓会じゃないけど……」

ダーグルは考えた。いつもならきっぱり断って、それ以上聞かなかっただろう。だがたったいまあんな話をしたばかりだった。母親に引っ越しを勧められ、過去との決別は避けられなくなった。もう先延ばしにはできない。

「何をするんだい」

「えっ？　うん……まあ」

どうやらもっと否定的な反応を予想していたらしい。

「この週末にみんなで泊まれるいい場所があるんだ。四人だけで過ごすにはいいんじゃないかと思ってね」

「どのあたり？」

「行けそうか？」

ダーグルは空を見あげた。いい天気だった。気分はよくなってきたが、考えすぎると二の足を踏んでしまうだろう。

「わかった、乗るよ。どこに行くの？」

「それは行ってのお楽しみってことにさせてくれ」

空気が変わったのを感じた。この先はどうなるかわからなかった。

「わかった、いいよ。みんなに会うのを楽しみにしている」

2

これはフルダ・ヘルマンスドッティル警部がいつか実現したいと思っていた旅だ。といっても普通の旅ではない。フルダの母が数カ月前に亡くなった。それも旅の理由のひとつだが、母親の最後の願いをかなえるという意味ではない。むしろその逆だ。

母は長く死の瀬戸際にいた。フルダはできる限り枕元で付き添った。ふたりで昔話はしたが、遺言はなかった。そのときが来ると静かに息を引きとった。

ときおり母の寝ている顔を見ながら、涙がこぼれてくるのを、固い絆《きずな》が感じられるのを待ってみたが、ふたりはそうした関係にはなかった。娘がそう思っていても、母親の考えは違うことも知っていた。母の目を見ればもっと親密な関係を切望していることはわかったし、状況を変えることはできるはずだという希望の光も見てとれた。

とうとうフルダは天涯孤独の身になった。母方の祖父母もすでにこの世にはおらず、夫とひとり娘も死んだ。毎日できるだけ心を強く保ち、娘と夫を続けざまに失ったあの頃のことは深く考えないようにしている。

事実を知ってからずっとアメリカ兵だった父親のことをいつか調べたいと思っていた。そしていま、機は熟したと感じている。

母はめったに父の話はしなかった。あまり知らないようだった。母が生きていたあいだは、父を捜すかどうかは母が決めることだと思っていた。だが母にはそんなそぶりはまるで見られなかった。母が亡くなり、フルダは自由に前に進めることになった。

フルダが知っているのは、父親のファーストネーム、アイスランドに駐留していたおおよその時期、そして生まれた州、それだけだ。

この情報を持ってアメリカ大使館に行き、警察官の身分証明書を見せた。ほめられたことではないが、捜査のためについやってしまう違法すれすれの行為には及ばない。案内された部屋で待っていた若い男性は調査を快諾した。数日後、その大使館員から電話があり、該当者はふたりいると告げられた。どちらもロバートという名前で、出身州も合っており、一九四七年にケプラヴィークの基地に配属されていた。

フルダはすぐにアメリカ行きのフライトを予約した。いまのところ居所がつかめているのはひとりだけだ。もうひとりは亡くなっているかもしれない。だからこの旅は父の墓参りで終わる可能性もあった。

3

ベネディフト

ベネディフトは窓辺に行って伸びをした。目に映るのはごくありきたりの風景だ。個性のないオフィスビルとか、朝から晩まで途切れない車の流れとか。排気ガスが気になって窓を閉め切っておく日もある。

友人のダーグルには驚かされた。いや、〝友人〟というほどでもない。古い友情はそう簡単には消えないとはいえ、いまはベネディフトからたまに連絡をとるだけだ。ダーグルのほうから電話をかけてくることはない。銀行ではうまくやっているようだが、仕事以外では惰性で生きているような生活だ。実家でひとりで暮らし、外出はほとんどしない。古くからの友人はみんな口をそろえて言う。彼はずっと過去に生きていると。

車とビルしか見えないオフィスにいても、今日がすばらしい天気だということはわかる。こんな日に外に出られないなんてもったいない。

ベネディフトは窓を開けると、騒音と排気ガスをよそに、夏の空気を肌で感じた。机に戻って座ると、白い紙と鉛筆に手を伸ばし、気の向くままに絵を描きはじめる。休憩中によくこうして絵を描いている。何を描いているのか最後までわからないときもある。ほとんど無意識に本能に導かれるように鉛筆を走らせる。

こんなスケッチが机の引き出しにいっぱい入っているが人に見せたことはない。手慰みに描くくらいで芸術に打ちこんでいる暇はない。ベネディフトはソフトウェアの開発を仕事にしている。仕事は順調で、進行中のプロジェクトもいくつかある。二年前に工学部の三人の仲間と起業した。従業員を雇うようになっても相変わらず狭い倉庫のようなオフィスにいるが、まもなくもっと広いところに移れる見込みだ。会社はまだ利益を上げていないが、裕福な支援者が付いたおかげで、最近ではそこそこの収入を得られるようになった。この秋には株式を上場する予定で、すでに投資家の関心も集めている。上場の準備のために弁護士や会計士との打ち合わせに奔走しており、仕事に集中できる時間がほとんどない。今年は夏休みもろくにとれそうにないが、報われる日がいずれ来るだろう。

少なくともこの週末はみんなで島に行ける。手配はすべて終わった。パズルの最後の一片がダーグルの参加だった。それにしてもダーグルの反応には驚いた。てっきり断られると思っていたら、むしろ乗り気なようだった。

あれから十年。

あっという間だった。実際、昨日のことのように感じるときもある。あの日のことも、その後に起きたこともありありと目に浮かぶ。場面ごとに追体験ができ、頭から離れない言葉のやりとりもある。この記憶は永遠に消せないのではないかと思う。手放したくない記憶もあれば、忘れるためならなんだって差しだせる記憶もある。この十年、決して楽ではなかった。人を欺きつづけ、許されない秘密を丸十年背負ってきた。その精神的緊張がもたらした影響は小さくなかった。

それなのに自分から島での再会を呼びかけた。彼女のことをみんなの記憶に留《とど》めておく必要があると思ったからだ。償いのしるしとして。もちろん起きてしまったことは元どおりにはできないのだが。

ベネディフトはあやまちを犯した。恐ろしいあやまちだ。その結果は受けいれるしかない。〝あやまち〟——こんな言葉ではとうてい自分がやったことは表せない。

ダーグル、アレクサンドラ、クラーラ。みんなを集めてあのことを蒸しかえせば、当然痛みを伴うことになる。いや、だからこそ忙しい時間を縫ってまでこの再会を準備したのかもしれない。ある程度の痛みは喜んで受けいれる。いや、欲しいくらいだ。罪悪感に精神を蝕《むしば》まれるくらいなら痛みのほうが耐えられる。仕事が終わってベッドに横になり悪夢がよみがえると、待っていたとばかりに罪悪感が襲ってくる。

4

ニューヨークのJFK空港に向かって飛行機が降下を始め、夕陽に照らされたマンハッタンの超高層ビルが見えてきた。手が届きそうなくらい近くにありながら、この有名な街を歩くことはできない……。フルダがアメリカに来たのはこれが初めてだ。当然、ニューヨークに二、三日滞在することも考えたが、飛行機代だけでもばかにならないのにホテル代は目が飛びでるほど高かった。クレジットカードを使いすぎるわけにもいかない。それに今回は父親の生存を確かめるのが目的だ。それを忘れてはならない。残念だったがジョージア行きの乗り継ぎ便のチェックインもすませてあり、そちらで三日間過ごす予定だった。

乗り継ぎ便には間一髪で乗れた。アイスランドからの飛行機の到着が少し遅れたせいで、乗り継ぐ時間がほとんど残されていなかった。アメリカでの最初の夜を空港のホテルで過ごすよりは、今夜のうちに目的地に着いておきたかった。フルダは興奮と恐怖のはざまにあった。もし父親に会えたらどうなるだろう。どんな感じがするだろう。なんて言おう。会った瞬間にわかるだろうか。それとも赤の他人に会うのと同じだろうか。

出発前に、所在がわかっているほうの男性に手紙を書き、自分はアイスランド人で、アイスランドにいた頃のあなたを知っている友人がいる。近々ジョージアに立ち寄るので、友人の代わりに訪ねてもいいかと訊いた。すると、あの極寒の配属地で過ごした日々の中からいまでも思い出せる人は少ないが、どうぞ会いに来てくれと返事があった。もうひとりのロバートを見つけるのは難しいだろう。なんの情報も得られておらず、大使館は引きつづき調査すると約束してくれたが、まだ回答はない。

ジョージア行きの国内便は定刻通りに飛んだ。有名な古都サバンナに着陸したときはすでに暗かったが、タクシーでホテルに向かう途中、気温と湿度の高さもさることながら、歴史を感じる建物や大きく枝を広げた樹木が印象的だった。ホテルは伝統が感じられ、フロントの若い女性が優しい笑顔で迎えてくれた。知らない人から親切にされるというのは心強いものだ。こんな遠くの知らない街にひとりで来るのは不安だった。たぶんいまも不安を感じている。

すぐにベッドに向かったが心細くてテレビを点けた。ボリュームを落とし、異国のささやくような声を聞きながら眠りに落ちた。

いつになくよく眠れた。翌朝目覚めたときには子供のような興奮を覚えていた。毎夜の悪夢も昨夜は見なかった。

5
アレクサンドラ

アレクサンドラは船が苦手だった。ふだんから乗らないようにしている。凪《な》いだ海でも船酔いし、陸に上がってから回復するまでに何時間もかかる。けれど今回はクラーラに説き伏せられた。最初は冗談じゃないと思ったが、事情が事情なので断るのは難しかった。この秋で十年になる。それぞれ別の道を歩み疎遠になっていた昔の遊び仲間が再び集まることにしたのは、死者への追悼にほかならない。十代の頃は切っても切れない仲だった。同い年の四人とひとつ年下のダーグル、五人の友情は面倒なこともあったが強い絆を生んだ。

五人そろっていたときは、良いときも悪いときもいつも一緒だった。だがいまはクラーラとは連絡を取り合っているものの、ベニとダーグルの近況は人づてに聞くだけだ。ダーグルが銀行員になったのはさほど意外ではなかった。仕事ぶりも想像できる。

いつも淡々としていて感情を見せないタイプだったから銀行のような堅い仕事には合っているだろう。驚いたのは、ベニがソフトウェアの会社を起業したと聞いたときだ。しかも経営は順調だと新聞で読んだ。彼はてっきり芸術家になるものと思っていた。だがプログラミングはミレニアムを目前に控えた時代の新しい芸術様式なのかもしれない。結婚しているのは唯一アレクサンドラだけで、幼い息子がふたりいる。

　アレクサンドラはイタリアでアイスランド人の母とイタリア人の父とのあいだに生まれ、二歳でアイスランドに移ってきた。夏休みはイタリアの父方の家族と一緒に過ごしたおかげでいまでもイタリア語を流暢《りゅうちょう》に話せるが、物心が付く前に移ってきたせいか自分はアイスランド人だという思いが強い。父親はイタリアで農業をやっていて、母親はアイスランド東部の農場に生まれた。そのせいで海に強い遺伝子を獲得し損ねたのかもしれない。先祖が全員陸者《おかもの》なら船酔いするのは当然だ。幼い頃は両親と東部の祖父母の家で暮らしていたが、その後レイキャヴィークに出てきて、郊外のコーパヴォグルで十年以上暮らした。だが親の会社の倒産を機に家族はまた東部の祖父母の家に戻ることになった。二十歳になったばかりだったアレクサンドラも東部に戻る道を選んだ。その後、農家の男性と結婚し、アレクサンドラの両親と同居している。ゆくゆくは親の農場を継ぐつもりだ。農場の暮らしは悪くないが、仕事が山ほどあって、特に幼い息子たちが家のなかを走りまわっているような状況では自分のために使える時間はほとんどなかった。だがこの週末は家族から解放され、鳥のように自由になって、みんなで青春時代を振りかえることができる。

ヴェストマン諸島に行くのは初めてだ。十五の火山島と数えきれないほどの岩柱や岩礁から成る小さな列島で、アイスランド本土の南岸の沖合に海から突き出るように並んでいる。金曜日の早朝、アレクサンドラは三人と一緒に飛行機でヘイマエイに向かった。列島のなかで一番大きく、唯一の有人島だ。一九七三年に火山が噴火し、本土に大規模避難を余儀なくされたときは世界的なニュースになった。噴火は五ヵ月以上続いたが、島民の多くは島に帰還し、噴火の脅威をものともせずに町を再建した。現在ではアイスランド最大の漁獲高を誇る漁業の本拠地となっているが、町の白い建物の向こうにはまだ草も生えない茶色い火砕丘が見える。

島に到着すると港から小さな漁船に乗った。まだもやいを解かないうちから、アレクサンドラは軽い吐き気を覚えたが、幸い今日の海は比較的穏やかなようだ。

「きっと……いい旅になる」沈黙を埋めなければならない気がしたのかベニが言った。昔はこんなことはなかった。話をしようが、黙っていようが、五人とも気まずさなんて感じなかった。

ベニは昔から場を盛り上げるタイプだったが、その明るさが自然に出てくるものなのか、そう振る舞っているだけなのかわからないときがある。もちろん彼もほかの三人と同じように彼女の死にショックを受けていた。だがそれを別にすると人生にさほど不満はないように見える。

だがダーグルは……。ダーグルが経験したことを考えるとアレクサンドラはやりきれない気持ちになる。

「わたしたちがそこに泊まれるのは、あなたの伯父さんのおかげなんでしょう？」アレクサンドラはベネディフトに訊いた。

「ああ、伯父さんは島のロッジを所有している野鳥の狩猟協会のメンバーなんだ。あの島は勝手には行けないんだよ。ぼくも数年前からときどき連れて行ってもらっている」

「それで、伯父さんはいつ来るの」アレクサンドラは訊いた。

「来ないよ。来ると思ってたの？　ずっと一緒にいられちゃ嫌じゃないか」

「そうじゃなくて、連れて行ってくれるんでしょう」

「まさか。そんなことをしたら、また迎えに来てもらうことになる。伯父さんにそんな面倒はかけられない」

「じゃあ、誰がこの船を操縦するのよ」

「もちろん、ぼくさ」ベネディフトは至極当然のように言った。

沈黙が降りる。みんなが考えていることを口に出したのはダーグルだった。「操縦できるの？」

「こんな小さな船に操縦免許なんか要らないよ」ベネディフトは軽く言ってのけた。「大丈夫だって。ま、ぼくを信頼できないなら、いまが引き返すチャンスだな」顔は笑っているが声は真剣だ。

しばらくみんな黙っていた。アレクサンドラは中止しようと喉まで出かかったが思いとどまった。今度もダーグルが代弁した。「誰も引き返したりしないよ。いずれにせよ、エトリザエイには行ったことあるんだよね」

「ああ、なんども行ってる。だけど心配しなくていい。ちょっとみんなをかついだだけだ。ほら、来たよ」ベネディフトはそう言って、埠頭《ふとう》を指さした。「ちゃんと伯父さんが送ってくれる。日曜日も島にある無線機で連絡したら、すぐに迎えに来てくれる。島にいるあいだは無線が唯一の通信手段だ。無事に交信できることを祈ろう」

船は埠頭を離れ、港の出口に向かった。舵《かじ》を巧みに操るベネディフトの伯父シグルズルはおおらかで陽気な人だった。

それでも、アレクサンドラは嫌な予感を払えなかった。気になるのは航海の安全ではなく、この旅そのものに虫の知らせのようなものを感じることだった。寒気までする不吉な予感を無視するのは難しい。四人は確かに親友だったが、ずいぶん前のことだ。その後クラーラとは連絡を取り合っていたが、ほかのふたりのことは何も知らないと言っていい。ふと幼い息子たちのことを思い出す。そこが自分の居場所だ——息子たちがいる家が。こんなところで赤の他人と同様になった旧友と青春時代を取り戻そうだなんて間違っている。しかもこうして集まったのは、考えただけでもぞっとするあの事件を思い起こすためなのだ。

不安や船酔いを感じていても、眺めはすばらしかった。停泊中の色鮮やかなトロール漁船の一団を横目に、港の外に出る。晴れた空に薄い雲がわずかにかかっている。波は穏やかだ。シグルズルがスロットルを開き船は加速した。「あれがヘイマクレットゥルだ」シグルズルが指さす。「そして、これがミズクレットゥルとイースティクレットゥル」船は三つの断崖を間近に見ながら進んだ。穴だらけの切り立った崖の頂に緑の草原が広がっている。

船が上下に揺れはじめると、アレクサンドラは座席にしがみついた。だがクラーラと三人の男たちは両足でバランスをとり、顔に風を受けながら揺れを楽しんでいた。

「あそこだ……ほら見ろよ！」ベネディフトがエンジン音に負けじと声を張りあげる。

「あの島がビャルトナルエイだ。で、その少し離れたところにあるのがエトリザエイ。ぼくらが向かっている島だ。その後ろに見えている氷河はエイヤフィヤトラヨークトルだ」

アレクサンドラはベネディフトが指さす方向を目で追った。不思議な形をした島だった。海から立ちあがった断崖の上に大きくうねるように草原が広がり、その周囲をやはり切り立った崖が囲んでいる。待ち伏せしていた獣が獲物を見つけて首をもたげているようにも見える。アレクサンドラは思わず下を向いて目を閉じた。

誰かが肩に手を置いた。顔を上げるとダーグルだった。小さな緊張が走り、瞬時に思い出がよみがえる。五人から二組のカップルが生まれるんじゃないかと思った時期もあった。アレクサンドラとダーグル、ベニと……やめておこう。考えたってしかたがない。終わったことだ。とっくの昔に忘れたことだ。

「大丈夫？」優しい声だった。

「船は苦手」元気のない声で答えた。

ダーグルとはしょせん十代の恋愛ごっこにすぎなかったんだろうか。いまさらそんなことを考えても遅いに決まってるけれど。このところ結婚生活にときめきを感じなくなった。いや、そんなもの元からなかったかもしれない。そしていま、青春時代に恋心を抱いていた男の子が目の前にいて、週末をずっと一緒に過ごせるのだ。だからクラーラの誘いに応じたのだろうか。確かにダーグルも行くのかとは訊いた。

いよいよ目の前にエトリザエイが荘厳な姿を現した。この世のものとは思えない。神々のゴルフ場かと見まがうような鮮やかな緑の草原が、めまいがしそうな高い断崖の上に広がっていて、その緑の斜面のひだに一軒の家がぽつんと立っている。これ以上に世界から隔絶されたところがあるだろうか。

「ざっと島を一周してみるかい」シグルズルが肩越しに訊いた。

少しでも早く陸に上がりたいところだが、喜んでいる三人を見ると何も言えなかった。

船が崖の真下に近づいていく。白い縞模様《しま》に見えるのは鳥の糞《ふん》だろう。アレクサンドラには到底登れそうにない断崖絶壁に海鳥が鋭い声をあげながら群がっていた。

「すごいだろう？　ミツユビカモメじゃないかな」ベニが言う。「ここは〝鳥の崖〟って呼ばれてる。それから、あそこを見て」崖の上を指さす。「小さな岩棚が頂上近くにあるだろう」

ベネディフトに言われてしぶしぶ見あげると、確かに岩が突き出ている。

「あそこに座ると気持ちいいんだ。生きてるって実感できる」

「冗談だろう」ダーグルが言った。

「冗談なもんか。あとでみんなで行こう」

アレクサンドラは吐き気をこらえた。岸に打ち寄せる波のせいで船が横にも縦にも揺れて胃が飛び出そうになる。情けない気分で波が寄せてくるタイミングに集中した。

「あそこを登っていくんだ。ロープが見えるだろう？」ベネディフトはほとんど垂直に切り立った崖を指し示した。

アレクサンドラはもうがまんできなかった。「絶対にあんなところを登ったりしないから。どうかしてるんじゃないの？　危険でしょう」

「登れるのに」ベニはにっこり笑った。「でも、この裏にもっと簡単に行けるところがある」

「崖の上にあるあれは？　あの杭《くい》のようなものはなんだい？」ダーグルが訊いた。

「羊を下ろすためのものだ」

「羊？　こんなところに羊がいるの？」

「いるよ、二、三十頭は。網に入れて船まで下ろすんだ。一度に二頭ずつ。杭はあそこと、この下にもある。そこにロープを張って崖から羊たちを下ろす」

船はエンジンの音を響かせて、静かなうねりを越えながら崖をまわりこんでいった。

「よし着いた……」しばらくしてシグルズルが言った。「ここから陸《おか》に上がる。そこだ、見えるだろう」

アレクサンドラは目を上げた。てっきり桟橋があるものと思っていた。大小さまざまの岩と石。あるのはそれだけだ。

「さあ、思い切ってジャンプしろ」シグルズルが鋭い声を飛ばす。

「ジャンプ?」クラーラが声を上げる。男どもは黙っている。

「そうだ、船から跳びうつるんだ。わたしたちが〝ポーチ〟と呼んでいるあの突き出た岩の上に。なに、簡単だよ。タイミングをはかって跳ぶだけだ。ベニ、おまえから行け。わたしが指示を出す」ベネディフトが構える。「一、二……ジャンプ!」

ベネディフトは跳び上がると、なんとかバランスを保って岩に着地した。「ちょろいもんだ」

次にダーグルが跳んだ。

アレクサンドラは恐怖で固まりながらクラーラが跳びうつるのを見ていた。みんな成功したが、アレクサンドラの手足は言うことをきかなかった。

「さあ早く!」シグルズルの大きな声が聞こえる。

ベネディフトが代わって指示を出す。「さあ、アレクサンドラ、いまだ! 一、二、ジャンプ!」

考える間もなく跳んでいた。着地するときに少し滑ったが、ダーグルが支えてくれた。やっと陸に上がった。まさかこんな危ない思いをさせられるとは思わなかった。だまされて連れてこられたような気分だ。旅が終わる頃にはいったいどうなっているのだろう。

6

ロバートの住まいはサバンナの中心から車で三十分ほどかかるところにあって、タクシー代が高くついた。感じのいい平屋の木造家屋だ。白い壁に赤い屋根、南部らしいすてきな玄関ポーチもある。庭には植物が青々と茂り、熱帯かと思うような暑さだ。一〇〇度近いとタクシーの運転手が言っていた。華氏から摂氏に換算する式は知らないが、猛烈に暑いことはわかる。背中や脇に汗が流れている。家のなかが涼しければいいけれど。

「ようこそ！」年配の男がポーチに現われた。「フルダだね？」アメリカ人らしい発音で訊かれた。

背が高く、少し太りすぎだが、若い頃はもっと細かったのだろう。生え際が後退した額に深いしわが刻まれている。優しそうな顔だ。

「あ、はい、フルダです」ふだん英語を使うことはないので少しつっかえた。だが、たいていのアイスランド人がそうであるように、海外に住んだこともなければ旅行もほとんど行ったことがないのに、フルダはある程度の英語は使いこなせる。聞く能力にも長《た》けていて、英語を使う機会がもっとなかったのは少し残念だ。

息が詰まるような暑さのなかをゆっくりポーチに向かって歩きながら、ロバートの顔をすみずみまで観察した。少し似ているところがあるように思い、血のつながりを感じたが、それは期待のしすぎというものだろう。

「なかに入らないかね」ロバートはそう言って温かい握手でフルダを迎えた。

「ええ、ぜひ」ありがたいことに、家のなかははるかに涼しかった。

「あいにく家内は留守でね。いつもあちこち出歩いている。わたしとほとんど歳は変わらないんだがね」笑いながらフルダに食卓の椅子を勧めた。

この人は何歳くらいだろう。いきなり年齢を訊くのはためらわれた。アイスランドにいたのは五十年前だ。だったら七十代前半といったところか。歳の割に若く見える。動作が機敏で無駄がない。健康状態もよさそうだ。

「家内が焼いたパイがあるんだ。お客さんにお出ししてくれって言ってね」ロバートは姿を消すと、すぐに美味《おい》しそうな匂いのパイを手に戻ってきた。

「ピーチパイだ」誇らしげに言った。「ここの名物だよ」

パイにレモネードが添えられる。

最初のひとくちでいままでに食べたなかでもトップクラスの美味しいパイだと思っ

た。フルダはとっくにお菓子を焼くのはやめていた。近頃では夕食を作る気もほとんど起こらない。独り暮らしではお菓子を焼く意味がない。以前なら、ヨンとディンマに食べさせたくてレシピを訊いていただろう。

「とても美味しいです」フルダは言った。

「ありがとう。家内は料理が得意なんだ。おかげでパイを焼く口実ができた。最近は客も少なくなったからね。だが今日ははるばるアイスランドから訪ねてきてくれた」

「実際はそれほど遠くないんですよ。ニューヨークからだと五時間です」

「本当かい？　なんてこった。そんなに近いならもう一度行けばよかったな」

「行かなかったんですか」

「戦後しばらくいただけだ。一年もいなかった。一九四七年のことだ」遠くを見るような目。頭のなかは半世紀前に戻っているのだろう。

「その頃のことはよく覚えておられますか。アイスランドのことも」

「そうでもない。当時はあちこちに行かされたからね、アイスランドもそのなかのひとつに過ぎなかった。ただ、溶岩原は覚えている。溶岩が果てしなく広がっていて、初めて見る風景だった。まるで月面のようだった。と言うか、月面ってこういうところなんだろうと思ったよ」ロバートは楽しそうに言った。

「アイスランドに配属されていた頃のことで、ほかにも何か忘れられないことはありませんか」いつの間にか事情聴取をする警官口調になっていた。容疑者に尋問しているみたいだ。誘導して罪を告白させようとしている。冷静にならないとこの人に対して失礼だ。

「いや、特にないな。正直に言うとアイスランドは……みんなが行きたがる任地ってわけじゃなかった。あそこに送られると聞いたときに真っ先に頭に浮かんだのは〝おれ、何かへまをやらかしたか？〟」そう言って吹きだした。「もちろんそれは偏見だったがね、当時のアイスランドがまだ本当の意味での二十世紀を迎えていなかったことは事実だ。アメリカとは全然違った。過去に戻ったみたいだった。道路は舗装されていないし、ビルなんてものはほとんどなかったからね。レイキャヴィークですら当時は町とは言えなかった。しかし、いまじゃ都会になっているんだろう。英語を話せる人もあまりいなかったが、若い人たちは戦争中に身につけたみたいだった。それと、アメリカの映画を上映している映画館があったことを覚えている。あれにはちょっと驚いた。占領時代のイギリス軍とアメリカ軍の影響が大きかったのは確かだ」

「当時はまだお若かったんでしょうね……」フルダは探りを入れた。英語がすらすら出てくることに自分でも驚いた。英語は学校でも習ったが、フルダの場合は字幕付きのドラマや映画をテレビで見て身についたものだ。アイスランドのテレビ放送はイギリスやアメリカの番組が圧倒的に多い。さっきロバートが占領の影響について語ったことも一理あるのだろう。

「そうだな、三十歳くらいだったんじゃないかな……」頭のなかで計算している。

「うん、三十だった」

「奥さんと一年も離れて生活するのはつらかったでしょうね」当時独身だったかどうか確かめたかった。その答えが何かの証明になるわけではない。結婚していてもアイスランドで浮気をした可能性はある。

「そりゃそうだよ。だが幸い戦争は終わっていたから、危険はほとんどなかった。家内はこんなわたしによく付いてきてくれたと思う。結婚してもう半世紀以上になる」

「それはおめでとうございます」

「ありがとう」ロバートはしばらく黙っていたが、フルダが次の言葉を見つける前に、おもむろに切りだした。「それはそうと、わたしたちには共通の友人がいたと手紙に書いていたね」

7

クラーラ

クラーラは進むべき道をまだ見つけていない。少なくともこう自分に言いきかせることで、三十歳にもなってまだ親と一緒に住んでいることを正当化している。これといった資格もないために職を転々とした。臨時職員として保育園でしばらく働いていたときは楽しかったが長続きしなかった。別の保育園に誘われたこともあったが、やはり短期で終わった。店員の仕事にもときどき就いたが、それはあくまでも誰かの代わりでしかなかった。おそらくいい仕事に出会っても手放さないための努力をしてこなかったせいもあるのだろう。それでも何不自由なく暮らせているのは、親が家賃もとらずに半地階をひとりで使わせてくれているからだ。

島に一軒しかないロッジの前に立って海を見つめながら、生きていくことが単純だった頃を思い出した。いまここにいるみんなとほとんど一緒に過ごしていた頃のことを。あの頃は、いつまでもそんな友だちでいられるものと思っていた。

薄い雲が散っていき、輝くばかりに晴れわたった空が現れた。これほどの絶景を目の前にしながら、クラーラは少し興ざめしていた。崖に付けられた細い道を岩に固定されたロープをつたいながら登ってきてからというもの、アレクサンドラは来るんじゃなかったと文句ばかり言っている。「あなたがだまして連れてきたのよ」とまで言われた。だましたりしていない。このグループにもうひとりいた旧友を追悼するために、みんなで集まろうと説得しただけだ。確かに場所の選択は間違っていたかもしれない。無人島の一軒家。本当に何もないところだ。だがベニがこの島の写真を送ってきたとき、クラーラはすぐにここがふさわしいと思った。これほどすばらしい再会の舞台はないと。

だが文明から完全に切り離されたことに気づいたからか不安になってきた。無人島に置き去りにされ、無線でしか外界と連絡をとれないという状況が急に怖くなってきた。

壮大な風景画のなかに閉じこめられたような気分だ。

ロッジが立っている斜面はさらに空に向かって延びたあと、海に向かって垂直に切れ落ちている。来てみるとわかったが、近くにもう一軒小さな建物がある。十九世紀の狩猟小屋で、ヴェストマン諸島で最も古い建造物のひとつだとベニが言っていた。

誰かが名前を呼んでいる。たぶんベニだ。クラーラはすがすがしい海の空気を深く吸いこむと鳥の鳴き声に耳を傾けた。これがこの静寂を侵す唯一の音だ。クラーラはいまこの瞬間を楽しむ決意をすると、忍びよる恐怖を振りはらって友人が待つところへ向かった。

ベニはみんなを集めると、〝鳥の崖〟に行こうと言った。誰も反対はしなかったが、クラーラはアレクサンドラの顔に動揺が走るのを見た。

島を横断するように歩いていくと羊に出会った。

「ちゃんと道の上を歩いて。それが一番安全だから。この道は羊が守ってる。羊はいつも同じ道を行くからね」ベニが言った。

「一番安全って？」ダーグルが声を上げた。「草の上を歩いちゃ駄目なのかい」

「そこらじゅうにパフィンの巣穴がある。うっかり足を突っこんだら足首をねんざするぞ。気をつけてくれ」

最後尾にいたクラーラはできるだけみんなと離れないように歩いた。羊の道は徐々に消えてなくなり、草むらに入ったとたんに歩きづらくなった。そこから急な下りが始まった。

「高所恐怖症だとここは無理だ」ベニはそう警告するとゆっくり下りていった。「ぼくのあとについてきてくれ。バランスを失いそうになったら草をつかむんだ。根がしっかりしているから」

〝鳥の崖〟に着いた。顔を上げると息をのむような光景が広がった。そこは浅い洞穴のようなところで、船から見えていた岩棚がその前に突き出ている。下は奈落の底だ。いまいるところも四人がぎりぎり立っていられる広さしかない。

「あの出っ張りに座りたいやつは？」ベニが誘う。「眺めはすばらしいぞ。生きていることを実感できる。死と隣り合わせの危険にはそういう効果があるらしい。足でも滑らそうものなら一巻の終わりだからな」

ダーグルが少しためらいながらも一番手に立った。一方、アレクサンドラは一センチたりとも動く気はなさそうだ。

ダーグルが戻ってくると、次はクラーラの番だった。岩棚の先端まで行って腰を下ろした。海を見つめ、空を見あげる。無数の白い鳥が手が届きそうなくらい近くを飛んでいる。現実の世界とは思えなかった。それほど平和で他のどこにもない眺めだった。海からまっすぐ立ちあがったような島ビャルトナルエイが見える。その向こうにヘイマエイの火山が見えるが、その先ははるか遠くの水平線まで広がる海があるだけだ。岩棚の下をのぞき込んだ。死に向かっていくような感覚に襲われ、思わず後ずさりして深呼吸をした。こんなところから落ちたらとうてい助からないだろう。

8

ダーグル

狩猟協会のロッジは想像していたよりも大きく、白いトタン板の壁に黒い屋根の木造の建物だった。キッチンにはモダンな電化製品に混じって過去の遺物も置かれている。古めかしいコーヒーポット、昔の暦《こよみ》、それに七〇年代が全盛期だったというラジオ。ダーグルはたちまちこの居心地のいい雰囲気の虜になった。キッチンの横に広いリビングルームがあって、四人はすでにそこでくつろいでいる。壁にはハンターたちの古い写真が並び、天井から鳥の剥製がたくさんぶら下がっていた。ここは鳥の国であって、人間は訪問者にすぎないことを忘れるなと言われているようだった。

「この島にいる鳥の数はマンハッタンの人口より多いそうだ」ベニが言った。四人の会話はまだどこかぎこちない。それだけ長いあいだ会っていなかったということだ。それでもベニは頑張って盛り上げようとしていた。「だからパフィンの巣穴なんて数えきれないほどある」

島に水源はなくタンクに貯《た》めた雨水を使うので、酒や食料のほかに飲料水も持ってきた。それだけの荷物を無事に陸揚げするのも大変だった。

「いいところね」アレクサンドラはそう言ったものの声は震えている。むしろここ以外ならどこでもよかったと思っているようだ。「でもこんなところにロッジを建てるなんて悪夢のような体験だったでしょうね」

「その話なら聞いたことがある」ベニはこの話題に飛びついた。「まったくよくやったよ。だって、材木やらトタン板やら全部船で運んで、それをまた崖の上まで引き上げたんだぞ」

「本当にここは日常とはかけ離れている。アレクサンドラ、あなたには特にそうなんじゃない？　泣いている子供たちもいないし」クラーラが言う。

アレクサンドラはかすかに微笑んだだけだった。

「東部の暮らしはどう？」ダーグルは気まずい沈黙を破るために訊いた。

アレクサンドラはすぐには答えなかった。「ええ、元気にやってる」それだけ言うとすぐに視線を落とした。何かもっと言いたいことがあるような顔だ。

次にクラーラに近況を尋ねようとしたが、やめておいた。この十年、彼女が大変だったことは知っている。

ダーグルはベネディフトの視線をとらえると、次の会話を託した。

「乾杯しないか……彼女のために」ベネディフトが立ちあがる。〝彼女〟が誰のことかは言う必要がなかった。

「ええ、そうしましょう」クラーラが言う。

彼女とクラーラは親友だった。このなかではクラーラとダーグルが彼女に最も近い存在だった。

「お酒を取りにいくの?」クラーラはベニに向かって訊いた。

「ほかに何があるんだよ」

ベニは食器棚を開けてウイスキーを取り出し、三つのグラスに注《つ》ぐと、ダーグルに向かって訊いた。「おまえはどうする?」ダーグルはもう何年も酒を飲んでいない。十代の頃はみんなと同じように飲んでいたが、その後きっぱりとやめた。父が酒を飲みつづけていたことを……あの事件のときに認めたのがきっかけだ。父はやめたはずの酒を長いあいだ家族に隠れて飲みつづけていた。それを知ったあと、ダーグルは二度と酒に手を出す気になれなかった。

ときどき飲みたくなることはある。それも遺伝子のせいだろうか。だが誘惑に負けるつもりはない。ダーグルの家族が崩壊した原因がどの程度酒にあったかを知るすべはないが、酒がこの世になければ状況はここまで悪くなかったことは確かだ。

酒はいらない。今夜も飲まずに過ごす。いつもどおりに。

9

「ええ、そうなんです……」フルダは共通の友人のことを訊かれて口ごもった。答えを準備していなかった。どう言えばいいだろう。

「歳を訊いてもいいかい」

この質問の意味するところはすぐにわかった。

ロバートは言葉を継いだ。「ぶしつけなことを訊いて申し訳ない。だがこの歳になると若い人に遠慮がなくなるものでね」

「いえ、いいんです。別に秘密でもなんでもありません。今年五十歳になります。人生の節目を迎えました」

「よくわかる。わたしも五十になったときのことは覚えている。人生が終わったと思ったよ。だがそれはとんでもない勘違いだった」そう言って静かに笑った。「家族はいるのかね。ご主人や子供さんは？」

少し驚いた。アイスランドでは出会う人のほとんどがフルダの境遇を知っている。

娘のディンマが自殺し、その後まもなく夫のヨンも亡くしていることを。もう何年も独り暮らしで、きっとこの先もそうであることを。だから話すことに慣れていない。フルダは初対面の人に打ち明けることはないと判断した……けれど相手から聞きだそうとしていることを考えるとフェアではない気もした。

「いいえ、独り暮らしです」そう答えるに留めた。

「そうか、まあ、いまからでもいい人が見つかるかもしれないさ」

フルダはこれには答えなかった。

「もうひと切れどうだね」そう言ってピーチパイを勧める。フルダは時間を稼ぐためにお代わりすることにした。

短い沈黙のあと、口火を切ったのはロバートだった。

「友人と言っていたのは、本当はお母さんのことじゃないのかい」

フルダは一瞬言葉に詰まったが正直に答えた。「ええ、そのとおりです。わたしの母です」

ロバートは椅子の背に体をあずけた。「そうだと思った」

そう言ったきり黙りこんだ。フルダはじっと次の言葉を待った。

「ちょうど年齢が合う。それしかないと思った。アイスランドからはるばるジョージアまでやって来たのは、わたしに会うためだったんだろう。そうじゃないのかい」

心臓が跳びあがった。この人がわたしのお父さん？　やっと会えたの？　フルダはいつのまにか懸命に涙をこらえていた。

「そうです……」フルダは胸を詰まらせながら認めた。

「やっぱりそうか」

「あなたが……あなたと母は……」言葉が見つからない。

ロバートは黙っている。彼も言葉を見つけるのが難しいようだった。

10

ベネディフト

ベネディフトは酔っていた。空《す》きっ腹にウイスキーを飲んだのが悪かった。こんなに早く酔いがまわるとは思わなかった。

なんだか妙な気分だった。ここにいる四人は十代の頃の遊び仲間だ。それが十年という歳月を経て集まった。ダーグルとはずっと連絡を取ってきたが、最近は会いたがらなかった。ふたりの友情は固いと信じてきた。困難も一緒に乗り越えてきたと。だがダーグルはそうは思っていないような節がある。一方、女性たちとはずっと会っていなかった。クラーラとはほとんど連絡がとれなくなり、アレクサンドラは東部に引っ越した。クラーラは仕事に就いても長続きせず、まだ親と一緒に住んでいると人づてに聞いた。誰がそんなことを予想しただろう。前途有望でどんな仕事を選んでも成功すると思われていた。少なくとも大学は卒業するものと思っていたが、やる気を失ってしまったらしい。

あのときの選択は間違っていなかったはずだ……いや、その点については、あんな結末になったにもかかわらず疑いを感じたことはない。

それでも、この四人はもちろん、彼女を知るすべての人にあの事件がさまざまな傷痕を残したことを忘れてはならない。

彼女の思い出にふけりながら、久しぶりにみんなでこうして座っている。いい時間を過ごしている、本当に。

アレクサンドラが思い出話をし終わったところで、ベネディフトは自分の番が来たと感じた。

「昔こんな話を聞いた」思い出した瞬間にこみ上げてきた嗚咽《おえつ》をこらえて、語りはじめた。「彼女には火あぶりにされた先祖がいたそうだ。しかも、その男が幽霊になって現れるらしい。実際に気配を感じたことがあるとも言っていた」

「覚えているよ、その話なら」ダーグルが口を挟んだ。

ベネディフトは思い出に目頭を熱くしながら、そこから呼び起こされた記憶にかすかな戦慄を覚えた。「彼女ってそういう突飛な話をよくしたよな。ほとんどが作り話だったんだろうけど、それが魅力でもあった」

「そうだったね」アレクサンドラがベネディフトに微笑みかける。アルコールのせいで口が軽くなったようだ。「彼女はほんと、嘘つきだった。言っとくけど悪気はなかったのよ。事実を少しばかり脚色するのが好きだっただけ」

「嘘つき……」ダーグルが繰りかえす。しらふでは聞き捨てならなかったのだろう。

「それはちょっと言い過ぎじゃないか」

「ごめんなさい。別に意味はなかったのよ」アレクサンドラは恥ずかしそうに言った。

「本当かしら、その先祖の話」クラーラはまわりの空気を察していなかった。かなり飲んでいる。おそらく誰よりも。「本当に火あぶりにされたの？　このアイスランドで？」

「そうなんだ。ぼくもそれを彼女に……」ベネディフトは途中で口をつぐんだ。しゃべりすぎたかもしれない。「どうだったかな……とにかく細かいことは覚えていないんだ。ずいぶん前のことだから」

「それって西部フィヨルドでのこと？」ダーグルが訊いた。

「えっ？　いいや。なんのことだよ、西部フィヨルドって」

「ぼくもその話は知っている。その焚刑になった男は西部フィヨルドにいたんだ。ぼくも彼女から聞かされたよ、別荘でね」ダーグルは最後の言葉を強調した。「あそこに行くといつも暗闇が怖いと言っていた」

ベネディフトは答えなかった。話題を変えようとしたら、ダーグルに先んじられた。

「すっかり忘れていたけど、思い出したよ。大げさに言ってたんだろうけど、真偽はわからない。その話はいつ聞いた？」

「ぼくが？」ベネディフトはとぼけた。

「うん、きみにそんな話をいつしたのかなと思って」

ベネディフトは首をかしげて思い出すふりをした。「だめだ、忘れたよ。覚えているのは、誰かが火あぶりになったってことだけだ。それだけは忘れられない」笑ってごまかしながら三人の反応を探った。アレクサンドラがダーグルに少し体を寄せた。無意識かどうかは知らない。クラーラはただ座って虚空を見つめている。まったく別のことを考えているみたいだ。そしてダーグルは妙な目つきでこっちを見ている。さっきの話の何かが気になっているのは間違いない。

だがダーグルは再び口を開くと言った。「十年……速かったな。さあ、乾杯しよう」

四人はグラスを掲げた──それは彼女のためにほかならない。この再会のきっかけとなった彼女は、ベネディフトとクラーラとは小学校から高校まで同じクラスだった。アレクサンドラも友だちだったが学校は違った。そして彼女はダーグルの姉でもあった。〝ダーグルくん〟とみんなにからかうように呼ばれていたのは、ひとつ年下だったからだ。彼女は決して弟のダーグルを仲間はずれにしなかった。それがベネディフトが覚えている彼女だ。快活で人をからかったりもしたけれど、やさしくて誰とでも仲良くなれた。だが欲しいものを手に入れるときは誰にも邪魔をさせなかった。

「彼女もここにいるような気がする」アレクサンドラが言った。少しろれつがまわっていない。「ねえ、感じない？　目には見えないけど彼女がいるからこんなに楽しいのよ——きっといたずら好きの幽霊になってるよね」返事を待たずに慌てて付け加える。「ごめんなさい、少し感傷的になっちゃった。アルコールのせいね。このところ飲んでないから。農場じゃ子供や夫の世話に追われて、パーティーに出かける時間なんてないし」

「アレクサンドラ、わたしも彼女を感じる。はっきりとね」クラーラが微笑みながら言った。

クラーラの加勢を受けてアレクサンドラは話を戻した。「わたしたちに何かを伝えようとしているんじゃないの」

「何を伝えるって言うんだ」ベネディフトは訊いた。無意識に声が鋭くなる。

「それは……わかるでしょう」アレクサンドラは口ごもった。

ベネディフトは返事をしなかった。どう答えたらいいかわからない。

「だからね」アレクサンドラは再び話しだした。「何があったのか、わたしたちに言いたいのかもしれないじゃない」

ベネディフトは一瞬空気が揺れるのを感じた。本当に彼女の幽霊が現れて、この話の輪に入ってきたかのようだった。

「どういうこと?」クラーラの声だ。

ベネディフトは振り向いた。このとき初めてクラーラをよく見た。昔からきれいな子だったが美しい女性に成長していた。いまだに魅力は感じるが、ふたりのあいだに何かが起きることはもうないだろう。こうしてまた昔の仲間に会えたのは嬉しいが、みんなそれぞれ別の道に進んでよかったとも思う。もちろんダーグルとはこれからも付き合っていくつもりだ。

クラーラがしつこく繰りかえす。「何があったか言いたいのかもって、どういう意味?　何があったか、みんな知ってるじゃない」低い声だったがはっきりそう言うと、針が落ちても聞こえそうな静寂が下りた。するとダーグルがいきなり立ちあがって、手にしていたグラスを床に叩きつけた。

「いいや、知らない!」ダーグルが声を荒らげる。こんなふうに突然怒りを爆発させるなんておよそ彼らしくなかった。

ベネディフトはそばに行ってダーグルを抱きしめた。

「そうだな、おれたちは知らない。誰も知らない。だけどクラーラの言っている意味はわかるだろう。事件は解決した。警察はそう考えている。だが、おれたちまでそう考える必要はない。自分で決めればいいことだ」

ダーグルがベネディフトを押しのける。

「自分で決めればいいことだ？　なんだその言い草は？　クラーラもだ。それにアレクサンドラ、きみはどうなんだよ。黙って座ってないで、なんとか言ったらどうなんだ」そう言ってアレクサンドラをにらみつける。

「わたしは……あなたと同じよ、ダーグル」

「つまり、みんな公式見解を信じているってことか？　本気か？　ぼくらは友だちだと思っていた。互いに支え合っていると思っていた。なのに、きみたちまでぼくに嘘をついている。少なくともベニは嘘をついている。ベニ！　ぼくたちは友だちだろう。そうじゃないのか。それなのにどうしてずっとぼくに嘘をついてきたんだ」

「嘘って、いったいなんのことだ」ベネディフトは抗議した。

ダーグルは屋根裏に駆け上がっていった。

11

アレクサンドラ

なぜ目が覚めたのか、すぐにはわからなかった。外のほの暗さから、まだ真夜中だということはわかった。それにしても寝心地の悪いマットレスだ。こんな島にやって来るのはおおかた文明から逃れるためだから、誰も気にしないのだろう。ふだんは田舎のほうが性に合っていると公言してはばからないが、ここは好きになれなかった。空気に言葉では言い表せない何か悪いものを感じてならない。自宅のベッドが恋しかった。この島とも、あの三人とも遠く離れた、慌ただしくても慣れ親しんだ家に早く戻りたかった。ダーグルが突然ベネディフトに食ってかかり、気まずいムードで夜が終わった。その前も浮かれ騒いでいたわけではないが、パーティーを続ける気分ではなくなった。明日はもう少しいい雰囲気になっていたらいいけれど。

寝床に入ってもなかなか寝つけなかったが、いつの間にか眠っていた。それなのにまた目が覚めて気味の悪い泣き声を耳にしている。そうだ、さっきも誰かが叫ぶ声で目が覚めたのだ。骨の髄まで染みるようなぞっとする声。女性の声だ。ということはクラーラ？

アレクサンドラは起きあがった。まぶたが重い。飲みすぎたアルコールがまだ血管を巡っていて、頭がぼうっとしている。隣を見るとクラーラがいない。だがどこかでおびえているはずだ。そうでないと、こんなぞっとするような声が出るわけがない。捜しにいくのは怖かったが友人を助けないわけにはいかなかった。

寝室に使っている屋根裏はふたつに分かれていて、あいだのドアは閉まっている。男性たちは奥の部屋を、アレクサンドラとクラーラは手前の部屋を使っていた。

ふとクラーラの姿が目に入った。部屋の隅に座って、アレクサンドラに背中を向け胎児のように体を丸めている。

「いったいどうしたんだ？　何があったんだよ」ダーグルが隣の部屋から出てきて不機嫌そうに言う。「それにベニはどこだ」

「あなたと一緒にいるんじゃないの」

「いや、いない。さっきの叫び声は誰？」

アレクサンドラはあごでクラーラを指し示した。

「クラーラ、大丈夫か」優しい声になった。

クラーラが夢でも見ているようにゆっくりと振り向く。アレクサンドラはその顔を見て思わず後ずさった。

12

「家内とわたしには……」ロバートは言いかけてやめ、ひと息つくと話しはじめた。「家内とわたしに子供はいない。ほかの女性とのあいだにも子供はいない。アイスランドで浮気はしていない。家内を裏切ったことはない。わざわざ来てもらったが、わたしは父親じゃない。それが訊きたいことなら」

フルダはため息をついた。「ええ、あなたが……そうじゃないかと思っていました」失望を見せまいとした。無駄足だったが、一瞬、この親切で気さくな男が父かもしれないと思ったのは事実だ。そして、どれほど自分が父親を必要としていたか、このときわかった。ずっと待っていた。父と会って、抱き合って、娘を誇らしく思ってもらえる日が来ることを……。

「どうしてわたしかもしれないと思ったんだね」

「母は……父にわたしのことを黙っていたんです。子供ができたことを……」フルダは息を整えるために話を中断した。

「そうか。お母さんの名前は？　まだお元気なのかね」

「アンナです。もう亡くなりました」

「それは気の毒に」ロバートは言った。本当にそう思っているように聞こえた。

「いまごろになって父を捜しにきたのは、母が生きているあいだは控えていたからなんです。説明するのは難しいんですが、母が亡くなるまでは、わたしにその権利はないと思っていました。母が父を捜さないと決めたのなら……」

「残念だったね」優しい声だ。「いや、まだ見つからないと決まったわけじゃないが。しかし、なぜわたしかもしれないと思ったんだね」

「母は父のファーストネームしか知らなかったんです。それがロバートだったと母から聞いていました。それと、ジョージアの出身だということも」

「確かロバートはわたしのほかにもいたな」考えこんでいる。

「知っています。でも、もうひとりの男性の消息はつかめませんでした。それで、あなただったらいいなと思っていました。いずれにしてもお会いできてよかった」フルダはゆっくりと立ちあがった。

「わたしもだよ」ロバートは微笑んだ。

「あの……もうひとりの方がどうなったかご存じないですか」

ロバートは首を振った。「あいにく知らないが、彼のことはよく覚えている。長いあいだ退役軍人会で付き合いがあったが、もう十年以上音沙汰がない。そうだ、なんなら共通の友人に電話で聞いてみようか？　せめてそのくらいのことはさせてくれ」

ロバートは立ちあがった。

「ちょっと書斎に行って調べてみる。パイを食べながら待っていなさい。さあ、遠慮しないで。わたしがたいらげちまってもろくなことにならない」

13

ダーグル

クラーラが振り向いた瞬間、アレクサンドラは後ずさりした。無理もなかった。クラーラの顔には恐怖が貼りつき、色も失っていた。幽霊でも見たような顔だが、そんなものがいるはずもなく、きっと悪い夢でも見て目が覚めたのだろう。それであんな叫び声を上げたのだ。だとしても、これほど恐怖をむき出しにした顔は見たことがない。正気を失っているようにさえ見える。

「クラーラ、大丈夫?」ダーグルは声をかけながら、慎重に近づいていった。クラーラはずっと宙を見つめており、ダーグルもアレクサンドラも目に入っていないようだった。目を合わせると、こっちを見つめているように見える。

「どうしたんだい? ほら、そんなところに座ってないでこっちへおいでよ。アレクサンドラもいるよ。ぼくたち叫び声を聞いて目が覚めたんだ」

　クラーラは反応しない。

「あの声はきみだったのか？　いったい何があったんだよ」
　一、二分してクラーラは言われたとおりに立ちあがった。顔色も戻ってきた。振りかえると、アレクサンドラはまだ距離を置いている。近づいたら自分もクラーラと同じものを見てしまうんじゃないかと思っているみたいだ。
「大丈夫？」クラーラが正気を取り戻したと判断して尋ねた。

　クラーラは首を横に振った。

「悪い夢でも見た？」

　また首を振る。「違うの」

「何があったんだ」

　答えない。ダーグルは辛抱強く待った。

　ようやく口を開いた。気味が悪いほどうつろな声だった。「彼女を見たの。ここにいた」

　ぞっとして吐き気を覚えた。誰のことを言っているのか訊くまでもない。そんなはずはないとわかっていても、恐怖を拭えなかった。

「ばかばかしい！　さっさと目を覚ませよ！」抑えきれずに怒鳴っていた。

　肩に手を置かれた。戦慄が走った。振り向いたときはほぼ確信していた。彼女がそこに立っていると……。

14

ロバートが書斎から戻ってきた。その表情から、いい知らせでないとわかった。

「残念だ」

「もう……亡くなっているんですか」答えを知りながら訊いた。いや、ずっとわかっていたのかもしれない。そんな気がしていた。

ロバートはうなずいた。「五年前だそうだ。残念だよ」

気が遠くなりそうだった。一度も会わずに死んでしまったなんて。これで父とは一生会えないことがわかった。

心のなかで哀れな自分を呪った。もっと早く捜せばよかったのだと。

「彼のことはよく覚えている。とてもいいやつだった。立派な男だったよ。慰めになるかどうかわからんが」

フルダはうなずいた。平気な顔をして見せたがロバートの目はごまかせないだろう。涙をこらえた。もう充分泣いてきた。会ったこともない父親のために泣くことはない。

「ありがとう」しばらくして出た声はかすれていた。

「まっすぐで正直な男だった。それがわたしの記憶にあるお父さんだ。

「頼もしい戦友だった」そのあとの言葉はフルダを慰めるために添えられたのだろう。「こうして見ると、お父さんの面影がある。嘘じゃない。そうだ、彼の写真を探してあとで送ってあげよう」

「仕事は……父は退役後は何をしていたんでしょう」

「教師になった。人生のほとんどを教職に捧《ささ》げたんじゃないかな。だが言ったように、最後に便りをもらったのはずいぶん前のことだ。とにかく立派な男だったよ」ロバートは繰りかえした。

そう聞いてもたいした慰めにはならなかった。しょせん死んだ者のことを悪くは言わないものだ。こういう状況ならなおさらだ。

さしてわかったことはないが、このくらいでやめておいたほうがいいのだろう。だが好奇心が勝った。「父は結婚していましたか」

「していたが奥さんには先立たれた。十五年くらい前じゃないかな。その後、再婚したかどうかは知らない」

「子供はいたんですか」

「うん、何人か」

子供を訪ねてみようか。そんな思いもちらりと頭をかすめた。腹違いの兄弟だ……いや、今回はやめておこう。それはいますぐでなくていい。兄弟を捜しに来たわけじゃない。ただ父を見つけたかっただけなのだから。

フルダは立ちあがった。「お時間をいただいた上に、こんなに親切にしていただいてありがとうございました」微笑もうとしたがうまくいかなかった。「すてきなお住まいですね」

「よく来てくれた」ロバートも立ちあがる。「もしわたしにできることがあれば、遠慮なく言ってくれ」

フルダは一瞬考えると、自分でも驚くようなことを訊いていた。「もしかしてご存じないですか。いえ、探していただけないでしょうか……父が葬られている場所を」

「それはできるはずだ……うん、わかるだろう。二、三、電話であたってみるから、ちょっと待っていてもらえるかね」

「はい、もちろんです。ありがとうございます」赤の他人のためにこの老人にさらに時間を使わせる自分を恥じた。

「いいんだ、ポーチに座ってクロスワードを解いているより楽しいさ」そう言い残して、また部屋を出ていった。

15

アレクサンドラ

「落ち着いて、ダーグル」アレクサンドラが肩に手を置くと、ダーグルはびくりとして振りかえった。その見開かれた目に紛れもない恐怖が見える。アレクサンドラもまだ動揺していた。クラーラがついさっきまでゾンビのようだったからだ。

それなのに気がつくとふたりの母親役を買って出ていた。ふたりともおとなになりきれていないような気がする。いまになってみれば、引っ越したおかげで自分は彼らが経験した地獄とは距離が置けてよかったのだろう。ダーグルもクラーラもトラウマをまだ乗り越えられていないのだ。あんなに冷静で頼もしい男の子だったダーグルでさえこの調子だ。

ダーグルを抱きしめたい。たぶんずっとダーグルへの思いは消えていなかった。そういった意味では、アレクサンドラも過去に捕らわれているのかもしれなかった。結婚してふたりも子供がいるというのに、恋に夢中の二十歳の女の子に戻ったみたいだ。

ダーグルはアレクサンドラの両手をとった。その温もりに触れた瞬間、喜びが体を突き抜けるのを感じた。「ごめん、もう大丈夫だ」ダーグルに瞳の奥をのぞき込まれ、アレクサンドラはそこに光を見たような気がした。もしかして彼も同じ思いでいてくれたんだろうか。もうどうにもならないのだろうか。

もちろん、もう遅すぎる。だけど……。

「いいのよ」そのままでいたかったが、ダーグルは手を放すとクラーラに向きなおった。

「冗談だろう？　彼女がいたなんて悪い夢でも見たんだよ」

「わたしは真面目よ」クラーラは真剣な顔で挑むように言った。「夢なんかじゃない。ちゃんとこの目で見たのよ。ここにいたの！」

ダーグルはあきれたように首を振った。

「彼女は何をしに来たの」アレクサンドラは尋ねた。こういうときは調子を合わせたほうがいい。

「それはわからないけど」クラーラは口ごもる。「正義を求めてるんじゃないの……そういうもんでしょう」

ダーグルが反応する。「正義？」

クラーラはうなずく。

「つまりきみは……いや、姉貴は……犯人は別にいるって……言いにきた……そう言いたいのか」ダーグルはつかえながら問いただした。

クラーラは答えない。

「やっぱり悪い夢を見たんだよ。ちょっと下りてゆっくりしないか」ダーグルは言った。

三人は古い食卓を囲んで座った。アレクサンドラは向かいに座っているクラーラのまだ気味が悪いほどうつろな目を見ていられず、窓の外に目をやった。白夜に眺める景色は神秘的で、色が不思議なほど濃く見える。澄み切った青空の下に島が点在する藍色の海が広がり、遠くにヘイマクレットゥルがシルエットになって見えている。

「お茶でも入れよう。きみたちも飲むだろう？　いったいベニのやつ、どこに行ったんだよ」

「ええ、いいわね」アレクサンドラは答えた。あんな叫び声と幽霊話を聞かされたあとだ。どうせ眠れない。「ベニが起きたときに気づかなかったの？」

「いつ出ていったのかわからない。ベニのほうが先に寝たんだ。いつもこんな調子だ。馬鹿ばっかりやってる。こんなところで真夜中にどこに行くっていうんだよ」

アレクサンドラは睡眠時間が削られたことが残念だった。農場の朝は早い。だから、この週末は朝寝坊するのを楽しみにしていた。だが、ダーグルとクラーラをここに残して寝床に戻るわけにはいかなかった。おまけにベニは行方不明だ。少し心配になってきた。ベニはいったいどこに行ったんだろう。

アレクサンドラが座って待っていると、ダーグルが濃いめの紅茶が入ったマグカップを三つ運んできた。
二、三口飲むと、クラーラは生き返ったようだ。「ごめんなさい。何が起きたかわからないの」
「あやまらなくていいよ」いつものダーグルに戻っている。子供の頃からやけに落ち着いていた。何を訊かれても答えを用意しているみたいな子だった。「これでもう大丈夫だ。昔と同じだ。よく真夜中にこうして一緒に酒を飲んだじゃないか。これは紅茶だけど」

「そろそろベッドに戻るわ」クラーラが気まずい沈黙を破る。「ごめんね、起こしてしまって」

「どっちみち、もうすぐ朝だ。ちょっと外に出てベニを捜してくるよ」ダーグルは嫌なムードを払いのけるように急に明るい声で言った。「今日もいい天気になりそうだ。昼は外でバーベキューできるんじゃないか」

クラーラはすでに立ちあがっていた。

「おやすみ」

そう言って、はしごの上に消えた。

アレクサンドラはダーグルに言った。「わたしも行く」

「どこに？」

「ベニを捜しによ。かまわない？」

「いいよ。せっかく来たんだ。島を探検しよう」

16

ダーグル

外に出ると空気は冷たかったが眺めは格別だった。行き先は考えずに歩きはじめた。ベニは島全体を探検するには三、四時間はかかると言っていた。

アレクサンドラに一緒に行くと言われて、突然、十年前に時間が戻ったようだった。十代の頃、アレクサンドラはいつもあとを付いてきた。かわいくて気立てのいい女の子だったが興味はなかった。その後、家族と一緒に引っ越していった。それだけの話だ。だがときおり、もし状況が違っていたら、ふたりはそのうち結ばれていたんじゃないかと思うこともあった。

「どこに向かってるの？」アレクサンドラが声を落として訊いてきた。

「このまま行けば、たぶん昨日ベニに連れていかれた崖があるんじゃないかな。どう思う？　このまま行ってみる？」

足もとの草むらに注意しながら昨日のように羊の道を進んだ。昨日より道がわかりづらいのは時間が早いせいだろう。頭上に白夜の青い空が広がっているものの、地平線のすぐ下で待機している太陽の光はまだ低く、草が土の上に長い影を落としていた。

気がつくとクラーラのことを考えていた。ベッドに戻ると言っていたが、あんな状態で眠れるのだろうか。いったい何があったんだろう。すさまじい叫び声だった。驚いて目が覚め、しばらく息ができなかった。一瞬、夢か現実かわからなかった。姉の声を聞いたのかと思った。死ぬ間際の悲鳴を。頭がはっきりしてくると、そんなはずはないと気づき、激しく打っていた心臓も落ち着いた。

あんなことは一度でたくさんだ。きっと慣れない環境のせいだろう。ダーグルはそう自分に言いきかせた。

ダーグルとアレクサンドラはほとんど言葉もかわさず歩いた。あまりの神秘的な眺めに言葉を失っていたせいかもしれない。銀色に光る海から島の青いシルエットが突き出ている。風はそよとも吹いていない。魔法をかけられたようにすべてが完璧な静寂を保っている。

海と空の大パノラマの中心にいながら、ダーグルは閉ざされた島にいることに不安と恐怖を覚えはじめていた。

ふたりは崖に向かって草むらに入っていった。

「あれ、見て」前を歩いていたアレクサンドラが急に立ち止まって指をさした。

17

フルダは墓前に立った。熱気で揺らめく墓地は見慣れた墓地とはまるで印象が違った。天使像や珍しい植物や苔《こけ》むした大木が趣を添えているが、何も遮るもののないアイスランドの空に慣れていると、鬱蒼《うっそう》と茂る緑の天蓋に圧迫感を覚えた。八年前には夫ヨン
娘のディンマが亡くなってほぼ十年だが、いまもよく墓を訪れる。八年前には夫ヨンも死んだ。そしていま父の墓前に立っている。
ここに眠っているロバートという男性をフルダは心のなかでずっと探し求めてきた。だが実際に捜してみると、見つけはしたが五年遅かった。
母が亡くなるのが五年遅かったとも言える。そんなふうに考えるのは間違っているが、もし選べたとしたら、母と過ごした最後の五年よりも、一年、いや一ヵ月、いやたとえ一日でも父と過ごせるほうをとっただろう。もしそうできていたら、父がどんな人だったかこの目で見られたのだ。笑った顔とか、話すときの仕草とか、思い出にふける姿とか。そして父に話して聞かすこともできた。孫のディンマのことを。これ

までずっと想像するしかなかった。母が少なくとも一夜は共に過ごした男性がどんな人だったのか。自分にさまざまな資質を分け与えているはずの男性の長所や短所、才能や欠点を。

そしてついに居場所を突きとめた。父はこの石の下にいる。さて、なんて声をかければいいのだろう。

「こんにちは、お父さん」アイスランド語で言った。父が聞いているとは思わないが、何か言わずにはいられなかった。

父と娘。ロバートとフルダ・ヘルマンスドッティル。いや、フルダ・ローベルツドッティルだ。そのほうが響きがいい。実際に使っている父称ヘルマンスドッティルはアイスランド語ではふたつの意味がある。〝ヘルマンの娘〟と〝無名戦士の娘〟だ。そのせいで父親がいないことを常に思い知らされる。喪失感に常に襲われる――会ったこともない父親でも。

「こんにちは、お父さん」もう一度口にした。「わたしよ、フルダよ。あなたの娘よ。こんな娘がいるとは思いもしなかっただろうけど、会いにきた。五年遅かったね。残念よ。本当に残念よ」

18

アレクサンドラ

ベネディフトは例の岩棚に死んだように横たわっていた。ぞっとするほど崖の端に寄っている。

アレクサンドラは立ちすくんだ。ダーグルも横で突っ立っている。アレクサンドラの目くばせを合図に、ふたりで慎重にベネディフトに近づいていった。声をかけて驚かせてはいけないと思った。

この島に来たのは間違いだったんじゃないかという思いがまた膨らんでくる。彼女の死から十年が経ち、追悼したいというのはもっともなことだが、それぞれが自分なりに偲《しの》べばよかったのだ。事件の記憶はまだあまりにも生々しく、終わったと言えるのは捜査だけかもしれない。実際、ダーグルがここまで立ち直っていたとは驚きだ。あの事件の記憶に押しつぶされる者がいるとしたら、それはまっさきにダーグルのはずだ。こうして前に進んでいるのは奇跡と言ってもいい。それでもクラーラが幽霊の話をしたときのダーグルのうろたえぶりは無視できなかった。あんな話は嘘に決まっている。こうして外に出て朝の空気に包まれていると、さっきの騒ぎがどこか遠くの出来事に思えた。

「ベニ」ダーグルがそっと呼びかける。

ベネディフトは動かない。

「ベニ、ここで何をしているんだ」少し強く呼びかけた。

ベネディフトはびっくりして目を覚ました。一瞬、崖から落ちるんじゃないかとアレクサンドラは思った。

「なんだ起きていたのか」ベネディフトが尋ねる。

ダーグルはもう一度訊いた。「こんなところで何をしているんだ」

「眠れなかったから来たんだ。ここは島で一番好きな場所だから。夜に来たのは初めてじゃないが、知らないうちに寝てしまったみたいだな。ここの空気のせいだ、きっと。何もかも忘れられる。時間が止まったみたいに」ベニは微笑んだ。

「こっちはちょっとした騒ぎだったんだぞ」ダーグルが言った。

アレクサンドラは口を出さなかった。ダーグルのほうがベニとは仲がいい。

「クラーラが悪い夢を見たらしくて、すごい叫び声をあげたんだ。それでふたりとも起きたんだよ。本人はまたベッドに戻ったけど、ぼくらはすっかり目が覚めてしまった」

ベニの視線がダーグルからアレクサンドラに向けられる。どうやらベニにはお見通しのようだ。アレクサンドラは〝すっかり目が覚めて〟いるわけではない。ただダーグルと散歩に出る口実が欲しかっただけだ。それに、あんなことがあったあとで、クラーラとふたりになりたくなかった。

19

フルダは犯罪捜査部の自室にいた。アメリカから帰ってきて二ヵ月が経ち、いつもの生活に戻っている。

朝は頭痛で目が覚める。目覚まし時計が鳴ると、体があと少しだけ寝かせてくれと訴える。ベッドから出るときの倦怠感《けんたい》は時間が経つにつれ薄れていくが、完全に消えることはない。もうすぐ午後五時になる。仕事を終えて机を片付けるのが待ち遠しい。ディンマが亡くなる前も仕事に相当な時間を費やしていたが、亡くなってからは仕事に埋没していると言っていい。今年で娘ディンマが十三歳の若さで自殺して十年になる。夫ヨンが心臓発作で死んだのは八年前だ。以来、フルダはずっとひとりで暮らしている。朝から晩まで働き、帰りが遅くなることも多い。空いた時間はなるべく山や内陸の手つかずの自然が残る高原地帯《ハイランド》に行って過ごす。そうすることでできる限り忘れるようにしている。

昇進をめぐる競争でリーズルに負けてからも十年だ。いや、競争なんか初めからなかったのかもしれない。リーズルよりも優秀だという自信はあったし、経験なら間違いなく勝っていた。それでもチャンスはなかったのだろう。当時の警察の慣行では女性が上級職に就くことは考えられなかった。リーズルは〝大きな手柄〟をあげて以来、成功を保証されたようなもので、志願したポストを次々とものにして着実に昇進を遂げてきた。それに対してフルダは一歩進もうとすると常に戦いを強いられてきた。リーズルは弱肉強食のヒエラルキーを駆け上がり、いまではスノッリの後を引き継いでいる。つまりフルダの上司だ。一方、フルダはこの十年で一回昇進したに過ぎず、部下はふたりしかいない。まだ五十歳にもなっていないが、これ以上昇進できる見込みはないと感じている。

何より腹立たしいのはリーズルが実際にやり手だということだ。結果を出す才覚があり、自分を売り込む方法を知っている。だがフルダはその仕事のやり方には密かに疑念を抱いている。悪知恵が働くところも、あまりにも如才ない立ちまわり方も。いざというときにリーズルは信用できない。

年月を重ねるにつれてフルダの仕事は特化され、いまではほぼ凶悪犯罪に専念していると言っていい。アイスランドではめったに起きないが原因不明の死亡事件もそれには含まれる。別に仕事ができると褒められる必要はない。ひたすら仕事をして他のことが忘れられたらそれでいい。実際、フルダにとっては仕事だけが生きがいだ。アゥルタネースの家はヨンとともに消えた。いい家だったが夫が残した借金を返済するために売却せざるをえなかった。いまはレイキャヴィークのよその家の裏庭に建てられた小さなフラットに住んでいる。

今日は土曜日だが出署している。休みなら健康維持のために近場の山に登っていただろう。ひとりで行くことも多いが、山歩きの会で行くこともある。だがそこで知り合ったメンバーと親交を深めようとは思わない。八年も経つと独り暮らしに慣れてしまい、新たな関係を築く自分が想像できなくなった。

金曜日から日曜日までの週末勤務を引き受けることにしたのは経済的な理由もあるが、夏の週末はどうしても人手不足になるからだ。フルダの同僚はほとんどが男性で、この時季は家族と過ごしたがる。天気がいい日はなおさらだ。リーズルに〝この週末は人手が足りないので助けてくれないか〟と訊かれ、フルダはいつものように快諾した。怒りもさほど感じなかった。めまいや頭痛があるというのに引き受けた理由はひとつしかない。ここで書類の山を相手にしているあいだはディンマもヨンも忘れられるからだ。

静かな週末になりそうだ。気分がすぐれないので助かるが、何か気を散らせるものがないと、油断したすきに心の闇にとらわれる。

今年はまだいいことがひとつもない。ディンマの死からもう十年が経とうとしていることも恐ろしいが、母の死が思っていた以上に応《こた》えた。看取《みと》ったあとは珍しく休みをとり、とうとうひとりになってしまったことを嘆いた。

20

アレクサンドラ

夕方になると昨夜のことはもう忘れかけていた。きっとワインの成せる業だろう。昼食のときに四人で赤ワインを飲んだ。〝彼女〟のために何度か乾杯するうちに、一時的にせよ、過去が線で消されていくようだった。特に話し合ったわけでもないのに、過去にまつわるさまざまな思いも、明け方のクラーラの奇っ怪な行動もすべて忘れて、日曜日までみんなで存分に楽しむことにしたかのようだった。雰囲気は間違いなくよくなった。

アレクサンドラは食卓でクラーラと向かいあって座っていた。ふたりともグラスにワインを注ぎ足したところだ。

男たちは外でバーベキューの準備をしている。もういい大人だが、彼らはこれからもずっと自分にとっては男の子のままだろうとアレクサンドラは思った。決して変わらないこともある。そのふたりが四人分のステーキを焼くのだと言って、いまはそれにかかりっきりだ。きっとふたりで話すこともあるだろう。アレクサンドラとクラーラも同じだった。

「わたしね、いい考えだったと思う。この旅行」クラーラが言った。

「そうね、ここに来たことも、みんなにまた会えたことも本当によかった」

「そうじゃなくて……そういう意味で言ったんじゃないの」急に生気のない声に変わった。「そろそろ間違いを正すときなのよ」

「なんのこと？　なんの間違いを正すのよ」

「隠されていることがたくさんあるのよ、アレクサンドラ。ずっと沈黙を守ってきたことがたくさんあるの。そろそろ……」

アレクサンドラはクラーラの様子がおかしいことに気づいた。ろれつがまわっていないし、視線も定まっていない。だがクラーラが酒に飲まれるのはいつものことだ。

「真実が明るみに出るときが来たんだと思う」クラーラはそう締めくくった。

21

ベネディフト

「お母さんは、どうしてる？」ベネディフトはグリルのそばに立って炭の温度が上がるのを待ちながら訊いた。夕食ができあがるまでにしばらく時間がかかりそうだが、急ぐ必要はない。いまこの島は四人のものだ。ほかに行かなければならないところもない。予定では明日の朝ゆっくり過ごしたあと、無線で伯父さんに連絡して迎えにきてもらい、本土行きのフェリーに間に合うようにヘイマエイまで送ってもらう。

ダーグルの母親がどんな状態かは知っているが、ふたりでその話をすることはめったになかった。十年前の事件は誰よりもダーグルの母親に大きな打撃をもたらした。ダーグルも打ちのめされはしたが、壊れるところまではいかなかった。だが母親は事件で受けたストレスや不安定な暮らしに対処できなかった。数年前に介護施設に入ったが、ダーグルがあるとき告解でもするような口調で語ったところによると、母親は要するに生きることをあきらめてしまったのだという。身体的にはどこも悪いところはなく、ただ人生に背を向けて、自分の殻のなかに閉じこもっているのだと。

「母さんは……」テラスに座って壁にもたれながらダーグルはしばらく黙って考えていた。「ほとんど変わってない。調子のいい日は話もできるけど、たいていはうわの空っていうか、ぼうっとしてる。どこが悪いのかいまだにわからないけど、それが現実だ。とにかく受けいれるしかない。そっちの親は？」

「相変わらず偉そうにしてるし、口やかましいよ。親の希望どおりに美術学校をあきらめて工学部に進んでやったというのに、最近はおまえみたいに銀行に就職しろって言ってくる。いつまでコンピューターをいじって遊んでるつもりだってね」ベネディフトは神経質な笑い声をあげた。

「きみなら銀行でもうまくやっていける。ぼくよりずっと頭がいいんだから。でも正直言って、きみがやってることがうらやましいよ。なんといっても将来性がある。誰もがIT産業は発展の一途をたどると予測している。いずれ大金を稼げるさ」

ベネディフトは肩をすくめた。確かにそのとおりだが、それがなんだと言うのだろう。自分では間違った世界に入って抜けだせないと感じている。出口に向かえないのは、共同経営者を失望させるわけにはいかないからだ。もし許されるなら、明日にでも辞めて美術学校に行くだろう――〝彼女〟のために。だがそんな勇気がないことは自分が一番よく知っている。

「そろそろ焼けたみたいだ」ベネディフトはダーグルの視線を避け、グリルでうまそうな音を立てている肉に目をやった。

短い沈黙があり、ダーグルがつぶやくように言った。「引っ越すんだ、近いうちに」

「引っ越す？」

驚いた。ダーグルがコーパヴォグルのあの古いメゾネット型住宅を出る日が来るとは思ってもみなかった。ダーグルが育った家であり、家族で暮らした家だ――だがその家族はもういないも同然だ。いまのダーグルは天涯孤独に等しい。確かにひとりで暮らすにはあの家は広すぎるし、あそこにいる限り嫌な思い出に付きまとわれるだろう。

「うん、もういいかって思ってさ。どう思う？」

ダーグルがこんな本音をもらすのは珍しかった。ベネディフトは母親はどう言っているのか訊きたかったが、そこは踏みこまないほうがいいと思った。

「やっと決めたか」本心からそう言った。「街なかに近いもっと小さな家を手に入れるといい。少し人生を楽しめ。家を売ってどこかに買うつもりなのか。それとも借りるのか」

ダーグルは考えているようだ。

「最初はさ、あの家を借りてくれる人を見つけて、ぼくはレイキャヴィークで小さなフラットを借りるつもりだった。あの家は母さんとぼくのものだから、それで母さんともバランスがとれる……」次第に声が小さくなり、ダーグルは雲ひとつない空を見あげた。「でも気が変わった。売るよ。過去とはきっぱり縁を切る。あの家にまつわる思い出ともね。とにかく思い出が……多すぎる」ダーグルは声を詰まらせた。

「それがいい」ベネディフトは慌てて言った。「あそこはおまえのおふくろさんと親父さんの家だ。おまえも自分の家を見つけなくちゃ。おまえの居場所をさ。もう物件は見たのか」

「うん、レイキャヴィークの西のほうの小さなフラットをいくつかね。いいところだし、通勤にも便利だ。歩いて行けるから」

「よく考えろ。狭いところは駄目だぞ」ベネディフトはそう言ってウィンクした。

「どうして」

「彼女のための部屋がちゃんとなくちゃ」

「彼女なんかいないよ」

「いまはな。でもコーパヴォグルのあの陰気くさい家を出たらすぐにできるさ。あそこは二十九歳の独身男が住むような家じゃないって」

ダーグルは声をあげて笑った。

「アレクサンドラはやめておけ」ベネディフトは意地悪く言った。

「どういう意味だよ」

「おいおい、とぼけんなよ。あいつは昔、おまえにぞっこんだったじゃないか。気づいていたはずだぞ。しらばっくれるな」

「ああ……そうだったかもしれない。でもいまさら遅いじゃないか」

「それはどうかな。まだ今夜がある。おまえたちの邪魔はしないと約束するよ。ふたりでこっそり出ていっても……」

ダーグルは突然居直った。

「やめてくれ……ぼくは人妻と寝たりしない」傷ついたように声を震わせている。

「きみこそぼくたちを追い払いたいんじゃないのか。きみとクラーラが……なんというか、やり直せるように。十年前に戻って」

そう言い捨てるとダーグルはロッジのなかに戻っていった。グリルの前にひとり取り残されたベネディフトは苦い思い出をかみしめた。

22

アレクサンドラ

あれをパーティーと呼べるかどうかはともかく、パーティーがお開きになったのは午前一時を過ぎた頃だった。四人はロッジのリビングに座って、こんなときこそはと将来の話を始めた。徐々に場は盛り上がっていったが、ベネディフトとダーグルのあいだには隠そうとしても隠しきれない張りつめた空気が漂っていた。

それでも、たった一夜とはいえ、かつて五人そろっていたときの雰囲気をなんとか取り戻せたように感じた。四人の会話が弾みだすと、まだ報告されていなかったことや、話題にしていなかったことが相当あったのだと知った。

アルコールが一役買ったことは言うまでもない。アレクサンドラはもう何時間も前から心地よい浮遊感を楽しんでいる。こうして旧友と一緒に日常から遠く離れた場所でのんきにお酒を飲めて満足していた。

「そろそろぼくは引き上げる」ダーグルがみんなに告げた。一滴も飲んでいないが疲れた声だ。「楽しかったよ」

「わたしも」クラーラが言った。

「この島をどう思った?」ベネディフトがソファーに仰向《あおむ》けに寝転がって尋ねる。「まるで別世界だろう? 誰も見ていないし、誰も知らない。何が起きるかわからない。ここにはぼくらと自然以外何もない。ぼくらと海だけだ。出ていきたくても、すぐには出ていけない。船を呼ぶには何時間もかかる……今夜はずっとこの島にいなくちゃならない」しばらくぼんやりすると、こう言った。「ここで何が起きたって、ここだけのことになる……」

ベネディフトがアレクサンドラをちらりと見る。何をほのめかされているのかすぐにわかって顔が熱くなり、ダーグルのほうを見ないようにベネディフトの視線をかわした。

「誰も何も知らない」クラーラが思案に暮れた声で言った。「それが問題なのよ」

ダーグルはクラーラの話が気になったのかはしごの途中で止まった。だがその先に続いたのは長い沈黙だった。急に寒気がして、アレクサンドラはまた影がよぎるのを感じた。

アレクサンドラは立ちあがった。「楽しかったけど、わたしもくたくたよ」

疲れているのは本当だ。けれど何より望んでいるのはダーグルと一夜を共にすることだった。自分から行動に出る勇気はなかったが、ベッドで待ってみようと思った。

「わたしはまだここにいる」クラーラはひとり言のように言った。「こんなすてきな夜なのにもったいないもの。まだ全然眠くならないし、お酒だって残ってるじゃない」

「じゃあ、付き合うよ」誰よりも睡眠を必要としていそうなベネディフトが言った。

「あと少しだけ……」言いかけてあくびをする。「そのあとはこの島を独り占めしてくれ、クラーラ」


アレクサンドラはハッと目を覚ました。またクラーラの叫び声に起こされたと思ったが、どうやら夢に起こされたようだ。

いまが何時で、どのくらい眠っていたか見当もつかない。白夜では時間の感覚がなくなるのはよくあることだ。だが腕時計を見ると、驚いたことにもう朝の八時半だった。起きあがって伸びをし、あたりを見まわした。

クラーラがいない。まさかずっと下にいたんじゃないでしょうね。まだ飲んでるの？

アレクサンドラは立ちあがった。ゆっくり朝寝を楽しむつもりだったが、もうこれ以上眠れそうもなかった。いまはコーヒーが飲みたくてたまらない。

はしごを下りはじめると隣の部屋のほうで足音がし、ダーグルが出てきた。

「いま何時？」

「八時半よ」

「なんだ、もっと寝ていられたのに」疲れた声だ。

「クラーラがどこにいるか知ってる？」アレクサンドラは訊いた。

「クラーラ？　きみと一緒じゃなかったのか？」

そのときベニが声をあげた。「うるさいなあ。眠れないじゃないか」

「いいえ、ここにはいない」アレクサンドラはベネディフトを無視して言った。リビングルームを見おろしながら「クラーラ」と呼んでみる。返事はなかった。

「いないみたいね」アレクサンドラは言った。「まさか外で寝たりしてないよね」

ベネディフトが部屋から出てきた。「まったくもう、おれまで目が覚めちまったよ。クラーラがいないって？」

23

日曜日の朝、フルダは大きな仕事がまわってこないかと少し期待していた。このところ軽微な事件しか担当しておらず、およそ自分らしくない日が続いていた。だが運がまわってきたのか、机に着くなりヴェストマン諸島から電話がかかってきた。

「フルダ・ヘルマンスドッティル警部です」

「もしもし……犯罪捜査部からひとり応援に来てもらえませんか。死亡事件です」

「そちらに刑事はいないんですか」

「病気で休んでいまして、本土から誰か来てもらえないか訊いてみてくれと言われました」

「犯罪性があるということですか」フルダは尋ねながら、ヴェストマン諸島のことを考えていた。数年前にウォーキングツアーで行ったことがある。中心の島ヘイマエイにある山を一日ですべて登るというツアーだったが、最後の山だけは登頂をあきらめた。港を見おろすようにそびえる約三百メートルの切り立った岩山ヘイマクレットゥルを登ったあとは気力も体力も残っていなかった。そんな失敗もあったがいい思い出だ。いい思い出はいつ振りかえってもいい。空は晴れ、暖かくて風もなく、少人数のグループで登ったのもよかった。メンバーはあちこちから来ていたが、フルダと年齢が近そうな男性がひとりぴたりとついて来て、何かと話しかけてきた。親しくなりたいようだったが、適当にはぐらかした。そうしたことを受けいれる心の準備はまだできていなかった。

「それは……はっきりとは言えませんが、悪い予感はします。週末旅行に来た若者たちなんですがね、酒が絡んでいるんじゃないかと。今日誰かに来てもらえそうですかね」

フルダは少し考える時間をとった。部下を送ることはできる。自分が出向く理由はない。だが別段することはなく、今日は昨日よりも頭がすっきりしている。わざわざ行っても時間の無駄になるかもしれないが、ここで一日無為に過ごしているよりはましだ。

「ええ、わたしが行きます」

沈黙が降り、しばらくしてヴェストマン諸島の警官は言った。「警部みずから来られるということですか。いえ、そこまでしていただく必要はありません……いまのところは。われわれと船で行って現場をちょっと見てもらいたいだけですから」

つい嬉しくなった。確かに部下はふたりいるが、警部という肩書きは実際よりも立派に聞こえるらしい。フルダにこれほど慇懃《いんぎん》に接してくれる警官はレイキャヴィークにはいないだろう。

「それでもやはりわたしが行くことにします。今日は外に出るのも悪くないかもしれない。ところで船でどこに行くんですか？　ヘイマエイ行きの飛行機に乗ったらいいんでしょう」

「ええ、ヘイマエイまでは飛行機で来てもらったらいいんですが、そのあと船でエトリザエイまで行っていただくことになります」

エトリザエイ？　その名を聞いて、切り立った崖と緑の島に白い一軒家がぽつんと建っているイメージが目に浮かんだ。きっと新聞かテレビのドキュメンタリー番組か観光パンフレットで見たのだろう。行ったことがないのは確かだ。

「群島のなかでも大きな島のひとつで、ヘイマエイの北東にあります。けっこう有名なところです、孤島の一軒家とか言われて」

「そこまでは船で行かなくちゃならないのね。ちょっと面倒ね。ヘリコプターは使えないんですか」

「着陸できる場所がありません。船を接岸できる場所はいくつかあるので、さほどアクセスは悪くないんですが、誰もが行けるってわけでもないんです……少なくとも高いところが苦手な人には向いていません」

そう聞いて疑念がわいてきた。この警官がさっき遠慮がちな反応を返したのは、警部に対する敬意からではなく、女をそんな島に連れていけないと思っているのだ。

「それは問題ありません」フルダは簡潔に告げた。

24

移動時間を考えるとフルダはいらだちを抑えられなかった。もしこの事件が犯罪なら、関与した者に証拠隠滅の時間をたっぷり与えたことになる。

これまでに得た情報によると、現場にいるのは三十歳前後の男女のグループで、そのなかのひとり、ベネディフトという男に狩猟協会のつてがあって島に渡ったという。フルダはヴェストマン諸島の地元の制服警官二名と鑑識官一名を伴い、シグルズルという男の船でエトリザエイに向かった。若者たちを金曜日に島に送ったのもこの男だった。島に向かう途中、シグルズルは知らせにショックを受けている様子でほとんどロをきかなかった。フルダが耳にしたのは、ときおりひとり言のように吐く言葉だけだった。「まったくあいつらときたら、注意しろって言ったんだ。向こうに行ったら慎重に行動しろって」

船はもどかしいほどゆっくりとした速度で穏やかな海を進んだ。ヘイマエイやビャルトナルエイの巨大な崖のそばを通ったときは船が一層小さく感じられた。なんの展望もなく始まった日曜日が思わぬ方向に展開した。この分だと今夜は家に戻れないだろう。こんなときに思い出すのは、ディンマとヨンに夕食までに戻れないとか、今夜は帰れないとか連絡していた頃のことだ。これだけの年月を経ても、電話しておかないと、とつい思ってしまう。

前方にエトリザエイが見えてきた。記憶にあるイメージそのままの姿で緑のなかに光る白い点が次第に家の形を成していく。その一軒家の後ろに緑の斜面が波頭のように立ちあがっていた。鳥の糞で白く汚れた断崖が迫ってくるにつれて、海からの訪問者を迎え入れる道などどこにもないように見えた。

〝高いところが苦手な人には向いていない〟と聞いていたが、大きな岩を何度もよじ登り、急勾配の細い道を頼りに崖を登りながら、フルダはそのとおりだと認めた。もちろん登山経験が豊かなフルダにはなんの問題もなく、頂上に着いたときには目の前に広がるパノラマ――火山を擁する島々が突き出た青く平らに広がる海、本土の黒いシルエットに白く浮かぶエイヤフィヤトラヨークトルの氷河――に一瞬言葉を失った。だがその眺めをいつまでも楽しんでいる時間はない。捜査にスピードは不可欠だ。フルダは地元警官のあとについて生い茂った草むらを進んだ。静寂がすべてを包みこみ、すべてを圧倒していた。そして例の一軒家が見えてきた。実際にはもう一軒小さな建物が少し離れて建っている。大きいほうはなかなか立派なロッジであることがわかった。だが近づくにつれて寂寥《せきりよう》感がいや増した。人々がこの島で週末を過ごしたいと思う理由はわからないでもないが、自分は耐えられるか疑問だった。フルダはアウトドア派で山が好きだが、ここはあまりにも俗世から切り離された感がある。それでもカラスが飛んでいるくらいだから、ヘイマエイからさほど離れているわけではなかった。

地元警官の年長のほうが立ち止まって振りかえった。「事情聴取は警部がするでしょう？　彼らが何か隠していたら、レイキャヴィークから出張ってきた刑事さんが尋問するほうが脅しがきく」

フルダは同意したが、少し驚いた。てっきり地元警察が初めのうちは主導権を握りたがると思っていた。

ロッジはフェンスに囲まれていた。羊よけだそうだ。ここに羊がいるとは知らなかった。ここまで一頭も見かけなかったが、警官は羊の存在を請け合った。「それに、ここはなんといっても鳥が多い。みんな鳥を見たくてやって来る。先日も鳥類学者がツバメにタグを付けに来ていましたよ」

フルダは返事をしなかった。ドアをノックする前に気持ちを集中させていた。ここで起きたことを容赦なく明らかにしていく仕事にかかる前に、この静けさ、この俗世を離れた独特の空気をあと数秒感じていたかった。

気がすむとフルダはドアを軽くノックし、返事を待たずに開けた。

若い男がふたり古い食卓でコーヒーカップを手に背中を丸めて座っている。警官の姿を認めてもどちらも椅子から立たなかった。

「こんにちは」フルダは静かに声をかけた。事故か、そうでなければ自殺の線で調べを始めるつもりだ。殺人事件だと考えるのは気が進まない。もちろん、どんな可能性も除外できないが、こうした状況に遭遇するとまずフルダが示すのは関係者に対する思いやりだ。

短い沈黙のあと、片方の青年が立ちあがった。背が高く、ずいぶん細いが、運動は得意そうだ。髪は短く刈りこんでいる。こういう髪型を見るとつい反感を覚える。最近の流行《はやり》なのだろうが、ちっともいいとは思わない。フルダがこの年齢の頃の同年代の男性は長髪で髭《ひげ》も生やしていることが多かったせいか、そういうスタイルのほうが好きだ。

フルダは青年に歩み寄ると片手を差しだした。

「フルダです。レイキャヴィークの犯罪捜査部から来ました。同行者のひとりが亡くなったと通報を受けました」淡々と告げる。

青年は無言でうなずいた。落ち着こうとしているのが伝わってくる。

「どうも」ようやくしわがれた声を出すとフルダが差しだした手を握り、咳払いをして言いなおした。「どうも、ダーグルです。ダーグル・ヴェトゥルリザソンです」

「ダーグル、何があったか簡単に聞かせてもらえますか」

「ええ……彼女が崖の下に……島の向こう側にある崖なんですけど……何があったのかはわかりません。落ちたのか、飛び下りたのか……」

「それはいつのこと?」

「昨夜だと思います。いえ、昨夜です。みんなと一緒に過ごして……そのあと落ちたに違いありません。下りる道がないのでそばまで行って確かめたわけじゃないんですが、上から倒れているのが見えて……まったく動かないので、とんでもないことになったと。あんなところから落ちたら助かる可能性なんてない」ダーグルはそう言って、座っているもうひとりの若者を身振りで示した。「そこのベニが走ってここに戻ってきて、無線でヘイマエイの伯父さんに連絡したんです。それが唯一の連絡手段なので」

フルダはうなずいた。ダーグルはつかえながら言葉を絞りだすように話した。女性の死を嘆いているのは疑いようがない。

フルダはベニと呼ばれた青年のほうを向いた。「あなたがベネディフト?」

うなずいて立ちあがる。

「はい」ふたりとも長身でかなりのハンサムだが、こちらの青年は髪がふさふさしている。豊かな前髪の下から険しい目がのぞいていた。

「ベネディフト、いまダーグルが言った話に相違ないと認めますか」フルダはゆっくり言葉をかみしめるように言った。

ベネディフトは再びうなずいた。

「では現場まで案内してもらいましょう」フルダは言った。地元警官はまだ後ろに控えている。「確かもうひとり女性がいたはずだけど」

「はい」ベネディフトが答えた。ダーグルより落ち着いた印象で、危機に対処する能力がありそうだ。「上にいます。屋根裏が寝室になっていて……いまショックで横になっているんです」低い声で補足した。「すっかり取り乱してしまって」

「ではその女性にはあとで話を聞きます。聞かないわけにはいかないので」胸がざわついてきた。何かがおかしい。だがそう感じるのはこの場所のせいかもしれなかった。

「上にいる女性の名前は？」

「アレクサンドラ」

「アレクサンドラ」フルダは復唱した。「そして亡くなった女性の名前はクラーラ。それで間違いない？」

返事が返ってくるまでにしばらく間があいた。その質問に答えたら、友人の死を認めてしまうことになるからだろう。

「はい」ベネディフトが低い声で答えた。「クラーラです。クラーラ・ヨンスドッティル」

「じゃあ、彼女を発見した場所に案内してもらえる？」

25

「ここは〝鳥の崖〟と呼ばれているんです」ベネディフトはフルダを現場に案内すると言った。崖が浸食によってくり抜かれて岩棚になっている。そこから落ちたらしい。考えただけで膝の力が抜ける。こんな絶壁にできた岩棚は鳥はともかく人間が来るところではない。落ちたらひとたまりもないだろう。フルダは四つん這《ば》いで岩棚の先端に向かい、縁まで来ると息を止めて下をのぞいた。はるか下方の黒い岩の上に女性の姿を一瞬認め、めまいを覚えながら後ずさりし、安全な場所まで戻ると立ちあがった。

地元警官は死体を収容しにいく方法について協議している。現場の実務的なことは彼らに任せたほうがいいだろう。フルダはクラーラという女性がなぜあんなことになったのか、その経緯を明らかにしていくことにした。

「クラーラがここに来た理由について何か心当たりはない？」フルダは訊いた。

「ぼくが……ぼくが最初の日にみんなをここに連れてきたんです。好きな場所なので」ベネディフトが答えた。

「三人とも連れてきたの？」

「ええ、そのあと夜にもひとりで来ました。金曜日の夜です。しばらくひとりになりたくて。そしたらうっかり眠りこんでしまって、ダーグルとアレクサンドラが捜しにきたときには朝になっていました」

「じゃあ、四人ともここに来る道は知っていたのね」

「はい」

フルダは気がつくと青年たちがあの娘の死に関与していないことを切実に願っていた。私情で判断を曇らせてはならないが、少なくともいまのところはふたりに好感を持っている。ディンマが生きていたら今年二十三歳になっていたことを考えずにはいられなかった。彼らはもう少し年上だが、それでも思い出してしまう。この若者たちと違って、ディンマがみずから命を絶ったときはどんなグループにも属していなかった。その頃にはすでに友だちとも同級生とも距離を置いていた。まだ十三歳だった。どうしてもっと早く気づけなかったのだろう。徴候はたくさんあったのに、なぜそれがわからず、介入しなかったのだろう。

またただ。どうしてこうなんでもかんでもディンマに結びつけてしまうのか。さっさと気持ちを切り替えないと。だがフルダは知っている。いまこの尽きぬ後悔を頭の隅に追いやったところで、今夜また枕に頭を置いた瞬間にすさまじい勢いで戻ってくることを。

とにかく事件のほうは早く決着をつけられそうだ。女性は足を踏みはずして落ちた可能性が高い――つまり事故だ。酒も一因に違いない。

「飲んでいたの？」フルダは手振りでロッジに戻ろうとベネディフトに合図しながら、さりげなく訊いた。

ベネディフトは誘導されていると思ったのか、一瞬ためらった。「はい、それは否定しません。ですが、酔っ払ってはいません。酒の楽しみ方は知っていますから」

「クラーラはどう？　昨夜は酔っていなかった？」

「確かに少し酔ってはいましたけど……なぜこんなことになったのかわかりません。いまは夜も真っ暗になるわけじゃないのに。みんなが寝室に引き上げたときに、彼女は下に残ったんです。もう少し起きていたいと言って。そのあと……たぶん外に散歩に出たんじゃないかと。ここで静かになりたくて。白夜にここに来ると本当に気持ちいいんですよ。ぼくに考えられるのは、彼女がうっかり端まで行きすぎて、酒のせいもあってバランスを失った……それしか説明がつかない」そして声を落として自分を、あるいはフルダを納得させるように繰りかえした。「それしか」

ロッジに戻ると、アレクサンドラが屋根裏から下りてきていた。部屋の隅に立って頭を垂れ、フルダが部屋に入っても顔を上げない。それでも小柄な漆黒の髪の女性であることはわかった。

「できるだけ早くここを離れたいわよね」フルダは三人に言った。「それはわたしも同じよ。痛ましいことが起きたけれど、警察はこういうときにその全貌を明らかにする必要がある。それにはあなたたちの協力が欠かせない。わたしはここに犯人探しに来たわけじゃない」それは真実ではないがそう言った。「これまでのところ、あなたたちの友人クラーラは足を滑らせて転落死したものと考えられる。つまり悲惨な事故だったと。それでも、こういう場合は関係者から事情を訊かなくちゃならない。わかってもらえるわね？」

フルダは三人の顔を眺めた。

ベネディフトは出かける前と同じ椅子に座っていた。ダーグルはロッジから一歩も出なかったようだ。ふたりともフルダの目を見て黙ってうなずいた。だがアレクサンドラはまったく反応しなかった。

「まず、ここに来た理由を聞かせてくれる？」フルダは尋ねた。

長い沈黙の末に答えたのはベネディフトだった。「ぼくの伯父がこのロッジを所有する狩猟協会のメンバーなんです。段取りは伯父がつけてくれました。ただの週末旅行です。みんな十代の頃の友だちなんです。コーパヴォグルに住んでいたときの」

「いまもそうだといいんだけど」そう言って三人の反応を見る。

「どういう意味ですか」ベネディフトは困惑した。「ああ、そうか、もちろんです。いまでも友だちです。ただ進路が分かれてしまったので、もう何年も会っていなかった。四人では」

「それがなぜ今回会うことに？」

またしても気まずそうな沈黙が漂う。ベネディフトがダーグルをちらりと見る。答えてくれるのを待っていたようだが、アレクサンドラに視線を移した。だが彼女は依然としてぴくりともしない。

結局答えたのはダーグルだった。「別に……理由なんてありません」

何か特別な理由があったのだろうと思ったが、考えすぎかもしれない。こんな経験をしたばかりの彼らに筋の通った回答を期待するのも無理だろう。それでも島を去る前に、三人から個別に話を聞く必要はある。もし何かを隠しているなら、そのときが聞きだせる一番のチャンスだ。

26

実際始めようとすると、三人を引き離して個別に話を聞くのは難しいとわかった。ロッジには独立した部屋がない。外に出るしかなさそうだった。フルダはベネディフトを散歩に連れ出した。まず彼から話を聞くことにしたのは、ほかのふたりより島をよく知っていることに加えて、感情もコントロールできているように見えたからだ。

「ベネディフト、昨晩何があったのか聞かせてくれる?」フルダはロッジから少し離れたもう一軒の建物のそばで立ち止まった。そのとき一羽のパフィンが頭のすぐ上を慌ただしい羽音を立てて飛んでいった。ふだん容疑者を尋問するときにはありえないことだ。壁に怒りや不安や慟哭《どうこく》しか響かない警察署の取調室とは対照的に、むごい事件に呼び寄せられたにもかかわらず、ここには自然の命の営みが感じられた。

「特に話すことはありません。まったく普通でした……今朝までは。バーベキューをして、そのあとはビールやワインを飲みながらのんびり過ごす。そんなふうに一緒に夜を過ごしたのは久しぶりでした」

「クラーラの言動に何かおかしな点はなかった？　喧嘩《けんか》は？」訊きながらベネディフトの背後の景色にふと目を奪われた。ゆるやかな起伏を描く緑の絨毯《じゅうたん》の先に青い海がわずかに見えている。文明社会から遠く離れた場所で確かに開放感はあるが、ここに閉じこめられ、外界から切り離されていると思うと逆に閉塞感を覚えた。

「喧嘩？　まさか、それはないです」ベネディフトは訊かれたことに驚いているようだった。「ぼくたちは殴りあいをするような人間じゃありません」

「そうじゃなくて緊張感とか敵対心とかは感じなかった？　口喧嘩もしなかったの？」

「してません。ぼくたちはもう十五年以上のつきあいです。敵対心なんてありません。みんな友だちです。いいですか、昨夜のぼくたちにはクラーラが死んだ理由になるようなことはいっさい起きなかった。事故だったんです」ベネディフトは締めくくると、急に苦悩に満ちた声で訴えた。「くそっ、こんなのあんまりだ……家に帰らせてください。ぼくたちがどんな気持ちでいるかわからないんですか。平気だとでも？」

フルダは答えなかった。平気でないことくらいわかっている。だが口先だけの慰め以外に何が言えるというのだろう。娘を亡くした経験をいまここで話す気にはとてもなれない。

「どうなんです？　平気だと思ってるんですか」怒りにまかせて大声で繰りかえす。こんな激しい一面もあったのだ。

「できるだけ早くここを発《た》つつもりよ」フルダは冷静に答えた。

「ぼくは強がっていられるかもしれない。トラブルに対処することには慣れていますから。だけど、ダーグルが心配なんです。あいつは見かけほどタフじゃない。それにアレクサンドラ……彼女を家に帰してやらないと。事態をまだのみ込めてもいないんじゃないかと思います」

「事の重大さなら充分にわかっている」フルダはきっぱりと答えた。「それに、わたしはこうした状況に巻きこまれた人の気持ちに配慮することは忘れない。ただ、わたしは亡くなった人に対しても義務を負っているの。ひとりの若い女性が命を落としたのよ。何があったか明らかにする必要がある」

「何があったか？　いいかげんにしてくれ。あれは事故だ」声が震えている。何か言いたいことがありそうだ。それを黙っている。

「何もなかった……そう言い切れるのね」

ベネディフトは否定しなかった。

「彼女はただ外に出ていって事故死した。そう思っているのね」

「ぼくが最後に見たときはかなり酔っていた。みんなが寝床に上がっても、彼女はもう少し下にいたいと言った。上に行きたくなかったのか……」尻切れに終わる。

「なぜ上に行きたくなかったの。誰かを避けていたとか？」フルダは追及した。

「いいえ、違います。そんなんじゃない。ぼくはただ……彼女はまだ寝られなかったのかもしれないって言いたかったんです。それでもう少し飲んだら寝られると思ったんじゃないかって。ぼくにわかるわけないでしょう？　長いあいだほとんど付き合いはなかったんですから。ぼくが知っているのは、彼女はちょっとつらい時期にあったってことだけです。経済的に。わかるでしょう」

確かにわかる。警察官は決して経済的には恵まれていない。現にフルダは小さな住まいに対して大きすぎる住宅ローンを抱えている。しかもそれはインフレに伴って容赦なく増え続けている。

「つまり彼女はあきらめてしまったってこと？　それで崖から身を投げたと？」

「そうだったんじゃないかって」声に自信が感じられる。「もちろんそんなふうに思いたくはない。考えるだけでも耐えられない……自分の、ぼくらの友だちがそんなにも絶望していて、真夜中に海に身を投げたなんて。みんなすぐ近くで寝ていたっていうのに……あの崖から身を投げるなんてぼくには想像もできない。考えただけでも恐ろしい。ぞっとする」

返す言葉がなかった。フルダが言葉を見つける前にベネディフトが訊いた。「彼女の両親には知らせたんですか」

フルダはうなずいた。これ以上話すことはなかった。

ダーグルは見るからに打ちのめされていた。フルダは彼を抱きしめて安心させてやりたい衝動に駆られた。真実はどうあれ、いまそこにいるのは悲惨な事件に巻きこまれた哀れな子供にしか見えなかった。

フルダはダーグルをロッジから連れだし、ベネディフトのときとは違って海が見えるほうへ向かった。水平線が果てしなく続き、夢のなかにいるみたいだった。しばらくたたずんだまま、はるか下から聞こえてくる波の音や、鳥の羽ばたく音に耳を傾けた。そうしているうちに島と一体になっていくのを感じ、そのまましばらく日常とは異なるテンポに身を委ねた。

「あなたはいくつ？」フルダは沈黙を破った。

「えっ？　年齢ですか」想定外の質問だったのだろう。「二十九……二十九歳です」

「みんな同い年？」

「ええ、だいたい」はっきりわかるほど声が震えている。「ぼく以外はひとつ年上ですけど」

「クラーラとベネディフトとアレクサンドラはってことね？」

「はい」

「あなたたちはベネディフトのおかげでこの島に来ることができたのよね」

「彼のおかげってどういう意味ですか」

「彼がこの計画を立てたんでしょう？　ここに来るのは簡単じゃないと思うのよ」

「ああ、そういうことですか。ええ、そのとおりです……彼がぼくたちのために段取りをつけてくれた」

「あなたたちはクラーラのために集まったの？」これは当て推量だ。

ダーグルは不意を打たれたようだ。「クラーラ？　いいえ、どうしてまたそんなことを？　確かに彼女は問題を抱えていました。定職に就いていないとか。でも、それはぼくたちには関係のないことです。この旅はべつに彼女を励ますために計画されたわけじゃありません。まったく違います」

嘘を言っているようには聞こえない。フルダはダーグルの言葉を信じた。

「あなたは昨夜クラーラに何があったか知ってる？」

ダーグルは首を振った。

「見当もつかない？」

ダーグルは口ごもった。「みんなもう寝ていましたから。クラーラより先に」

「彼女が起きていた理由はわかる？」

「いいえ、まったく」

「夜に足音とかは聞かなかった？」

「いいえ。よく寝ていたので物音ひとつ聞いていません」きっぱりと言った。

「みんな上で寝ていたのよね」フルダはすでに屋根裏に上がって、寝室用にふたつに区切られたスペースがあることを確かめていた。四人には充分すぎる広さで、もっと大人数でも泊まれそうだった。

「はい、男は奥の部屋を、女性たちは手前のはしごに近いほうを使っていました」

「誰かがはしごを下りたら、あなたは気づいたかしら」

「いや、ぼくは眠りが深いほうだから」

フルダはしばらく間を置くと質問を再開した。「ダーグル、あなたはふだん何をしているの」

「ぼくですか」また質問に面食らったようだ。

「ええ、仕事はしている？」

「もちろん。銀行で働いています」そして大事なことのように補足した。「投資銀行です」

「投資銀行？　というとどんな仕事？」

「いろいろです……ぼくはストックブローカーです。株の取引をしています」

これには驚いた。ダーグルがそうした仕事をする姿が目に浮かばない。まだ子供のように見えるダーグルが巨額の金を取り扱う仕事をしているなんて。いまこの島にいるダーグルには頼りない印象しか受けない。フルダがストックブローカーに抱く、きりっとしたスーツに身を包み自信をふりまく生意気な若者のイメージとはまるで違っていた。

フルダの思いは無意識のうちに亡き夫ヨンに飛んだ。ヨンは投資家だったがフルダはあまり興味がなかった。当時のアイスランドに投資銀行はなく、あったのは古くからの国営銀行と住宅金融会社くらいだ。もしヨンがダーグルと同世代だったら、間違いなくストックブローカーになっていただろう。自信家だったことは確かだ。

「ベネディフトもやっぱり銀行で働いているの？」

「いえ、まさか。彼は銀行みたいなところには絶対行かない。彼はIT企業を経営しています」

「IT？　コンピューター関係ってこと？　わたし、それほど歳をとっているつもりはないんだけど、ITってなんなのか実はよくわかっていないのよ」

ダーグルは微笑んだ。「銀行では絶大な人気がありますよ。近頃ではみんなIT企業の株を買いたがる」

「わたしは違う」フルダはつぶやいた。これまで貯めてきたなけなしの金を株に賭けるなんてあり得ない。「じゃあ、アレクサンドラは？」

「彼女は農業です」

若い女性なのに珍しいと言いかけて思いとどまった。それでは自分が警察に入ったときに同じことを言った男たちと変わらない。「どこで？」

「何がですか」

「彼女はどこで農業をやってるの？」

「東部です。結婚して子供もいます。あまりよく知らないんです、実のところ」

「そうなの？」そこでダーグルの反応を見る。「それなのにあなたたちはこの世界の果てのような島にやって来て、週末をずっと過ごすつもりだった。あなたたち四人だけで」

返事はなかった。ダーグルはぎこちなくうなずいただけで海を見つめている。

「ダーグル、それは少し変だと言わざるをえない」つい厳しい口調になったが、相手がトラウマになるような経験をしたばかりだということを忘れたわけではなかった。

「まあ……そうですね。あなたがそう思うのも無理はない」

「何か特別な日だったんじゃないの？　何かの記念日とか」

「違います。そんなんじゃない」慌てて言った。

「あなたたち、本当はもっと親しい間柄だけど言いたくないだけ？」

「えっ？　もちろん親しい間柄です。そう言いました」

「でも会ってはいないのね」

「はい、いまはもう。正確には昔は親しくしていたと言ったほうがいいでしょう。でも子供の頃の絆は残っている」

「なるほどね」そう返したが、実際にわかったわけではない。小学校で友だちが少しできたが、特に強い絆を感じたことはない。あとから考えると、貧困家庭の子供だったことが影響していたのだと思う。フルダと母は祖父母と一緒に住んでいた。四人で暮らすには狭すぎて歩きまわることもできない家で、新しい服やおもちゃにも縁はなかった。当時はわからなかったが、教師の接し方も家庭環境の影響を受けていた。親子が食べていくために母は一日中働いていて、ほとんどそばにいなかった。祖父のほうがよほど身近な存在だった。中学校に上がる頃には自分は人から好かれないと思いこんでいて、友だちを作る努力もしなかった。自分から垣根を作って距離を置き、言葉をかわす程度の友だちはできても長く続く真の友情を築いたことはなかった。高等学校でも同じことが言えた。当時は女子が少なく、しかも派閥があって、フルダはそのどこにも属さなかった。それでも卒業後にときどき女子だけで集まって食事をすることがあり、フルダも参加していたが、ヨンに出会ってからは次第に彼女たちとも疎遠になった。ヨンは物静かな男で人付き合いに熱心なほうではなかったので、自宅に客を招くこともなくなった。夜や週末はいつもフルダとヨンとディンマの三人で過ごした。仲のいい家族だと思っていた。何かがおかしいと気づいたときにはもう遅かった。

「いつになったら帰れますか」ダーグルの言葉でフルダは現実に引き戻された。

「もうすぐよ」

「家に帰れますか……」

「今日のフェリーにはもう乗れないから、ヘイマエイに泊まってもらうことになるわね。あなたたちからもう少し詳しい話を聞く必要があるかもしれないし」

「どうしてですか。何があったかはっきりしてるじゃないですか」

「そう祈りましょう」フルダは言った。本気でそう思っていた。

27

アレクサンドラは人と話ができるような状態ではないようだったが、聴取をしないわけにはいかなかった。三人全員の第一印象を評価しないことには捜査を進める必要があるか判断できない。

フルダとアレクサンドラはふたりきりでロッジで向きあって座った。ベネディフトとダーグルはフルダの指示で地元警官に付き添われて先に船に向かった。

「信じられない」アレクサンドラは立てつづけに三回そう繰りかえすと言った。「クラーラが死ぬなんて」

「どうしてこんなことになったのか何か心当たりはある？」フルダは訊いた。

「いいえ……」声が震えている。「お願いします、電話をかけさせてください。家に連絡しないと」

「ここに電話はないわ」

「無線があるでしょう？」

「ヘイマエイに戻ったらいくらでも電話はかけられる」

「すぐ出発できませんか」息が荒い。「どうかお願い……」

「昨夜何か見なかった?」

アレクサンドラは首を振った。

「じゃあ、何か聞こえなかった?」

また首を振る。

「何があったんだと思う?」

「知りません」声を荒らげ、いまにも逆上しそうな目つきだ。「そんなこと知らない! いますぐ電話をかけさせて!」

「長くはかからないから」なだめるように言った。ここは早めに切り上げたほうがいいかもしれない。ショックから立ちなおるためにもできるだけ早く家に帰してやりたかった。彼らがまだ何かを隠していると感触はあるが、疑わしい点は好意的に解釈したいという気持ちに傾いている。たぶん彼らはクラーラと口論でもして、そのことを悔やんでいるのだろう。故殺や謀殺なんて考えられない。

「クラーラが亡くなったことはまだマスコミには公表されていない」確信があるわけではないがそう言った。「もうしばらく伏せておくつもりよ。だからヘイマエイに着くまで家に連絡する必要はないでしょう」

「幼い息子がいるんですよ。大丈夫だって言ってやらないと。心配しているかもしれないじゃないですか」

精神的にまいっているせいでフルダが言ったことの意味がのみ込めないのか、あるいは質問に答えるのを避けるための狡猾《こうかつ》な策略なのかわからないが、ここは一度あきらめたほうがよさそうだった。

だがフルダは土壇場で戦術を変えた。「なぜあなたたちはこんな島にやって来たの？ここに来た理由は何？」厳しい口調で問い詰めはじめた。

アレクサンドラはたじろいだ。「何って、わたしたちは……」口ごもる。「べつに理由なんてありません」

「昨夜ここで何かあったんじゃないの？」これは質問のしかたがまずかった。

アレクサンドラはまた首を振った。

「あなた、クラーラに何があったか知ってるんじゃないの？」声を荒らげる。どうせ誰の耳にも届かない。いまこのロッジにはフルダとアレクサンドラのふたりだけだ。この島を独占しているようなものだ。

だがアレクサンドラはかたくなに口を閉ざしている。

「何があったか知ってるんでしょう。どうなの、アレクサンドラ」フルダは相手の目を見すえた。すると恐れていたようにアレクサンドラは泣き崩れた。

胸を波打たせ、涙にむせびながら訴えた。「家に帰らせて、お願い！」
フルダはあきらめて立ちあがった。ここまでにしよう——とりあえず。

28

フルダはヘイマエイの小さな町のゲストハウスのベッドで眠気が訪れるのを待っていた。だが眠りはフルダの古くからの敵でもある。旅で疲れきった体を早く休ませたいと切実に願う一方で、眠っても疲れが増すだけだと知っている。忘れられるならどんな犠牲も払うであろう記憶と悪夢にさいなまれるせいで。なぜ一晩中アゥルタネースの美しい自然や、鳥の鳴き声や、海の夢を見ていられないのだろう。

今日は長い一日だった。こんなに長くなるとは思わなかった。日曜の夜だから、街にぶらっと散歩に出て白夜と夏の空気を存分に味わうつもりだった。だが別にそれはいい。仕事を優先するのはいつものことだ。仕事があるから前に進める。

寝つけない夜はいつも、レコード盤に針を落としたみたいに、後悔と将来に対する不安が頭のなかを巡りはじめる。今回勝ったのは将来の不安のほうだった。もうすぐ五十歳になる。その現実にそろそろ向きあわなければならないが、それが難しい。現実から目を背け、仕事で頭をいっぱいにして、夜も週末も働くほうがずっと簡単だ。

フルダには趣味がほとんどない。いや、ひとつしかない。山歩きだ。男性と付き合う気にはまだなれない。デートのしかたも忘れた。理想の男性に出会える保証もない。海外を旅してまわるのは経済状況を考えると夢物語だ。

定年退職はまだ先の話だが、五十歳という人生の節目を目前に控えると心配せずにはいられなかった。仕事を辞めたらどうしたらいいのかわからない。経済的な問題もある。少ない年金では狭い家に閉じこもっているしかないだろう。いまみたいに超過勤務手当で収入を補うこともできなくなる。

ああ駄目だ。ちっとも眠くならない。フルダはあきらめてベッドを出ると窓辺に行った。明るい空の下に林立する白いマスト、その向こうに緑色の帽子をかぶせたようなヘイマクレットゥルの断崖が見える。だが頭のなかは目の前の景色ではなく、三人の若者……いや死んだ娘クラーラとその友人の四人に占められていた。彼らが何かを隠していることは明らかだが、だからといって過失致死やそれ以上の罪を犯しているとは限らない。人が警察に情報を伏せるのは必ずしも悪意からではないことや、さまざまな動機があることもフルダは身をもって知っているし、その気持ちがわかる。つらい状況のなかで初対面の相手に何もかも打ち明けられるわけがない。それでも捜査は完遂しなければならなかった。

ヨンとディンマが生きていた頃は、夜に本を読んで気分転換ができた。都合よくハッピーエンドで終わる小説の心地よい世界に逃げこんでは、仕事で目にした陰惨な現実からできるだけ自分を遠ざけていた。本を読みながら寝入ってしまったこともある。だがいまでは自分の楽しみのために本を読むことはない。落ち着いて本を読めなくなった。唯一くつろげるのは手つかずの自然のなかにいるときだ。そのときだけは無心でいられる。そうでないときは取りつかれたようにディンマとヨンのことを考えている。そして自分を責める。ディンマが自死に至るまでの月日のことが鉛のように心に重くのしかかる。どうして気づけなかったのだろうと……。

フルダはわれに返って事件に集中した。いまここにいる哀れな若者たちに。三人の反応から全員が友人の死になんらかの責任を感じているようだった。クラーラが彼らを必要としたときにそばにいなかったからかもしれないし、クラーラにひどい仕打ちをしたのかもしれない。あるいは何かできることがあったはずだと悔やんでいるのかもしれない。それができていれば、クラーラはあんな運命をたどらなかったのではないかと。ディンマのときがそうだった。気づいてやれていればあの子はあんな最期を遂げずにすんだのだ。

彼らの罪悪感が気になるかと問われるとそうでもなかった。ただし、三人のうちの誰かがクラーラを文字どおり崖から突き落としたのなら話は別だ。

フルダはベッドに戻って目を閉じた。少しでも眠っておきたい。悪夢は見たら見たで受けいれるしかなかった。

29

フルダはフェリーで南海岸のソルラックスヘプン港に向かい、そこから車でレイキャヴィークの自宅にようやく戻った。エトリザエイやヘイマエイでフルダがすることはもうなかった。もし事故死でないとわかれば、事件はどのみちレイキャヴィーク警察の犯罪捜査部に委ねられる。つまりフルダの机に送られてくる。

ゲストハウスでよく眠れなかったせいで体は疲れ切っている。何も自分で出向くことはなかったのだ。部下に任せておけばよかった。ふだんは日曜日の夜に一週間分の英気を養っているのだが、もう月曜日だ。少し眠っておいたほうがいい。一時間遅刻したからといって誰も気づかないだろう。だが仕事を怠けるのは性に合わなかった。フルダはシャワーを手早く浴びると、服を着替え、相棒のシュコダに乗って署に向かった。

真っ先にエトリザエイの報告書に取りかかった。憂鬱な仕事はできるだけ早く終わらせたい。ヴェストマン諸島に出発する前に上司に連絡し、旅費を請求する許可は得ていた。上司はいつもどおり協力的でフルダに出張を勧めた――少なくとも表面上は。「もちろん行ってきたまえ。きみに応援に来てもらえるなんて彼らは運がいい」どうせうわべだけのお世辞だ。

帰りのフェリーはベネディフトとダーグルとアレクサンドラも一緒だったが、乗船するとすぐに三人はフルダと距離を置いた。下船するまでアレクサンドラは手すりを握りしめたまま、青ざめた顔でつらそうにしていた。男たちはそんな彼女を守るようにそばに立っていた。フルダは三人をそっとしておいた。当面の疑問点についてはすでに訊いた。これだけの材料がそろえば事故死と結論づけた報告書は作成できる。

エトリザエイへの小さな冒険旅行は終わった。また日常の暮らしに戻るだけだ。フルダの毎日はほとんど変わらない。家族で暮らしたアゥルタネースの家を売り――実際は銀行に差し押さえられたのだが――小さな住まいを手に入れ、それまでの豊かな生活と決別してからはずっとこんな調子だ。最初は母が暮らしていた賃貸住宅に身を寄せ、ヨンが遺《のこ》したわずかな預金をかき集めることから始まった。母との生活はお世辞にも快適とは言えなかった。ふたりが性格的に合わないことは以前からわかっていたが、同居を機に母と仲良くなれたらいいと考えていた。

ディンマとヨンが死んだあと、母はフルダを精一杯の愛情で包みこもうとしてくれた。そうした母の思いやりを受けいれることができず、また返すこともできない自分はきっと悪い人間なのだろうと思った。勤務時間が長いので母と過ごせるのはどうしても夜か週末になる。だがそうした時間にフルダが望むのはひとりになることだった。山に行けたらなおよかった。一方、母は話すことで心の傷は乗り越えられると信じていた。けれどもフルダはそれは不可能だと知っていた。一生この傷を抱えたまま生きていくしかないのだと。

結局フルダは母の家を出た。ある日、住まいが見つかったと母に告げ、世話になったことを感謝した。母は快く送り出してくれた。そもそもふたりは喧嘩したことがなかった。喧嘩するほどの仲ではなかったということだろうか。フルダは狭い部屋を借りて落ち着いた。それ以来、余暇は自分のために使えるようになった。

いまは家賃の代わりにローンを払って曲がりなりにも持ち家に住んでいる。

職場ではかなり重大な事件を任され、解決率も高い。捜査手法は慣例に従っているとは限らないが結果は出す。だから、あってしかるべき称賛は得られなくても、難しい捜査をやり通す体力や精神力があることは同僚たちも認めている。

フルダは好奇心より義務感から、エトリザエイの関係者が警察の記録に残っていないか調べることにした。死亡したクラーラと友人のアレクサンドラの経歴には問題なさそうだった。一方、ＩＴ企業を経営しているという青年ベネディフトは、十五歳のときにコーパヴォグルで喧嘩をしていた。簡潔な報告書が上がっているだけで詳細はわからないが、たいしたことにはならなかったようだ。

ダーグルの名前も出てきた。一九八七年、十九歳のときに警察官に向かって脅迫的な言動があったと報告があるが、詳細な記録はなく不問に付されている。これはちょっと珍しいことだ。一般に警察職員を脅迫すると、そう簡単には放免されない。何か事情があったのだろう。報告している警察官とは知り合いだが、こんな昔のトラブルを詳しく調べる理由もなかった。いつでも訊くことはできる。だがいまの段階では関係があるとは思えなかった。いまは追及しなくていい。

30

フルダは電話の音で目が覚めた。居間でついうとうとしていた。電話は廊下にあるので、母の形見の座り心地のよい肘掛け椅子から重い腰を上げなければならない。

電話を取る前に鳴りやんでくれることを願った。どうせまたセールスの電話に決まっている。こんな時間に電話をかけてくる知り合いはいない。もう夜の九時前だ。ニュースのあとに始まったイギリスの野生動物のドキュメンタリー番組を見ているうちに寝てしまったらしい。チャンネル2の視聴料を払う余裕はないので国営放送が提供する番組しか見られない。

立ちあがるときにうめき声がもれた。忙しかった週末のあとの長い一日を終え、疲れがたまっている。最近動作が少し鈍くなってきた。ハイキングや運動をしたあとの回復に時間がかかるようになった。椅子から立ちあがるのもひと苦労だ。

「はい」無愛想に応対したのはセールスを撃退するつもりだったからだ。

「もしもしフルダ？　悪い、起こしてしまったかな」

「えっ、いえ、とんでもない。どなた？」

「サイムンドゥルだ」

「ああ、サイムンドゥル、こんばんは」サイムンドゥルはフルダより少し若い男性で、大学病院の病理学の研究室に勤めている。昼夜を問わず仕事をしているので彼からの電話だと気づいてもよかった。人なつっこく、どちらかというと太っており、知り合って十年ほどになるが、最初から髪は薄かった。

「こんな時間に電話して申し訳ない」

「いいのよ、気にしないで」ときどき好意を持たれているように感じるが、誘われたりしたことは一度もない。独身で温厚で親切だがフルダのタイプではなかった。「エトリザエイの女性の件？」〝死体〟ではなく〝女性〟と言ったのは、人命が失われたことを忘れないために常に人として扱うようにしているからだ。

「そうなんだ」

「まだ検視が終わってないの？　それはお疲れさま」

「うん、まだ終わってない。だけど、きみたちは見逃すことはできないと思ってね、この事実を。いや、ぼくができない。だから見つけてすぐにきみに知らせたいと思った。捜査がどういう方向で進んでいるか知らないけど、どんな証拠であっても役に立つだろうと思って」

いまに始まったことではないが、言っていることが要領を得ない。

「もちろんよ」フルダは励ますように言った。「何を見つけたの」

「ああ、そうだった、すまない。頸部《けいぶ》に痕跡がある」

心拍数が上がるのを感じた。「頸部に痕跡？」

「そう、わかるよね、何者かが首を絞めた痕だ──彼女が死ぬ前に。ぼくの目には明らかだ」

「つまり──」その先は言わせてもらえなかった。

「暴力を受けたことを示す証拠だ。これってきみの初動捜査でわかったことと一致する？」

一瞬黙りこんだあとフルダは答えた。「ええ、まあ」害にはならない嘘だ。「それが死因？」

「それはどうかな。頭部の損傷が激しいからね。落下距離が長かった。フルダ、ぼくは捜査員じゃないし、いまの段階では推測の域を出ない。それでもぼくの第一印象では、なんらかの争いがあって加害者は被害者の首を締めつけて窒息させ、そのあと彼女は崖から転落して死んだんだと思う。なぜこんなことが起きたのかわからないけど、ぼくが思うには……つまり……」

「……彼女は殺されたってことね」フルダは締めくくった。

「そのとおり」

31

フルダは島でもっと三人を疑ってかからなかった自分を罵った。肝心なときに直感は役に立たなかった。その結果、被害者の役に立てなかった。捜査のやり方が間違っていたのかもしれない。あの三人を家に帰す前にもっと厳しく尋問すべきだった。フルダはこれから何をすべきか決めかねていた。すでに夜の十時前で疲れも残っているが、シュコダの運転席にいた。朝まで待つべきかもしれないが、サイムンドゥルからあんな知らせを受けたら、じっとしていられなかった。

現場で聞き取った情報は警察署に置いてきた。気がつくとフルダは狭い駐車場から隣人の車をすり抜けるようにバックで車を出し、犯罪捜査部に向かっていた。空は青く澄み、太陽はまだ地平線よりかなり高い位置にあって、こんな時間だとは思えない。

フルダは机に着くと、住所と電話番号を書き留めたページをしばらく見つめていた。アレクサンドラ、ベネディフト、ダーグル。フルダは島で見てきた現場を目に浮かべた。三人のうちの誰かが本当にクラーラを手にかけたんだろうか。首を絞めて崖から突き落とした？　三人ともそんなことをするようには見えなかった。アイスランドは殺人事件の発生率が低い。こんな事件が起きたら間違いなく大騒ぎになる。上司に電話をかけて情報を逐一更新していくべきだが、それは朝まで待てるだろう。それよりも、この時間にあの三人からもう一度話を聞くべきかどうかだ。不意を突く価値はあるかもしれない。

最初に誰のところへ行くかは考えるまでもなかった。答えは目の前のメモにあった。アレクサンドラは今夜はコーパヴォグルの叔母の家に泊まることになっている。彼女は三人のなかで一番取り乱していた。そのせいで最も御しやすかった印象がある。島では精神的に崩壊する寸前のところまで来ていた。弱っているところにつけ込むのはフェアではないが、事件が一気に重大性を増したいま、そんなことは言っていられなかった。

コーパヴォグルのアレクサンドラの叔母は当然のことながらフルダを歓迎しなかった。玄関先で自己紹介をし、アレクサンドラに会わせてほしいと言うと、猛反発された。

「あの子なら寝ています。ひどいショックを受けたんですよ。どうしていま起こさなくちゃならないんです」戸口に出てきた中年の女は一歩も譲らない態度で言った。その後ろに大柄の男が控えており、フルダをいまいましそうににらみつけている。おそらく夫だろう。妻の話に合わせて猛烈な勢いでうんうんと相づちを打っている。「明日の朝にしてください」

それで引き下がるフルダではない。「長くはかかりません」ひるまずに言い張る。「こんな時間に申し訳ないとは思いますが、姪御《めいご》さんに週末の出来事についてもう少し詳しくお訊きしたいんです」

「どうしてです？　どうしてあの子なんですか」女はまだ戸口をふさぐように立っている。夫も相づちを打ちつづける。

「ご承知のように若い女性がひとり命を失ったんです。その女性と一緒に島にいた三人から話を聞かないわけにはいきません。こうした事件の捜査では、亡くなった方の利益を優先します。たとえ無実の方にご迷惑をかけることになっても」フルダは〝無実の〟という言葉を強調した。「会わせていただけませんか、お願いします」

これには女も折れて脇に寄った。夫もそれに続いた。リビングルームに通されたフルダは、アレクサンドラとふたりで話せる部屋はないかと尋ねた。夫婦は同席するつもりだったようだが、結局書斎と裁縫室を兼ねた小さな部屋に案内された。

ずいぶん待たされた後、アレクサンドラが現れた。むくんだ顔を見ると、寝ているというのは嘘ではなかったようだ。かなり泣いたあとなのかもしれない。確かに島で受けたショックをまだ乗り越えられていないようだ。

ドアが閉まっていることを確認し、アレクサンドラが椅子に座ると、フルダは話を始めた。

「アレクサンドラ、こんなことを伝えるのは残念だけれど、あらゆる証拠からクラーラは殺害されたようなの」

アレクサンドラは愕然《がくぜん》とし、がくりと肩を落とすと、まるで初めてクラーラの死を知らされたかのように深い悲しみにのまれていった。だがもちろん、この即座に見せた反応はただの〝ふり〟かもしれない。まだ知り合って間もない女性がこれほど真に迫った芝居ができるかどうか判断はつかなかった。

フルダは待った。

やっとアレクサンドラが口を開く。「そんな……そんなこと考えられない。どうして？　なぜそう思うんですか？　いったい誰がなぜ……そんなことをしたんですか」

首をゆっくり振る。「違う、絶対に違う、ありえない！」ヒステリックな声をあげた。

「残念ながら、証拠からそう考えざるをえない」

「殺された？　本気でそんなことを？　いったいどんな……どんな証拠があるんですか」

「夜に何があったか聞かせてほしいの、アレクサンドラ。一緒に真相を解明していきましょう」

「だって……何も……なかった」泣きはじめる。「何も」

「もう隠しごとをしている場合じゃないでしょう、アレクサンドラ。彼女が殺されたのなら」しばらく宙に浮かせた言葉をもう一度繰りかえす。「彼女が殺されたのなら」

アレクサンドラはうなずいた。

「……それができたのは三人しかいない。あなたとベネディフトとダーグル」

アレクサンドラは横を向いて、手の甲で目をぬぐった。

「あなたじゃないのはわかってる」こういう嘘はつき慣れている。「どっちだと思う？ベネディフト、それともダーグル？」

答えない。

「動機に心当たりはない？　昔の恨みとか」

「いいえ、あなたは全然わかってない……」次第に声が小さくなる。「そんなことありえない……わたしたちは誰も……ダーグルもベニも……人を殺したりしない。あなたは彼らを知らないからそんなことが言えるのよ……わたしはそんなこと信じない」

「はっきり言って、あなたも容疑者からはずせないのよ、アレクサンドラ。わかってるでしょうけど」

「どういうことですか。わたしじゃない……それはあなたもわかってるって言ったじゃないですか」

「それは関係ない。わたしはあなたに友人を殺せたとは思わないけど、それでもあなたを捜査対象からはずすことはできない。あなたはわたしに協力する必要がある」

「でも……それはそうだけど、わたしにはできない……したくない」

「じゃあ、殺人事件の容疑者のままでいいのね」

「まさか！　そんなはずないでしょう」

再び涙が頰に流れはじめる。

「しっかりして、アレクサンドラ。わたしを助けてちょうだい」

「ええ……わかってる、わかってます」泣きじゃくりながら訴える。

ドアが激しくノックされ、開けるとさっきの女が憤慨した顔で立っていた。「もう充分でしょう！　かわいそうに、こんなに泣いてるじゃないですか。とうてい承服できませんよ。よくもこんな仕打ちができるわね。この子は友だちを亡くしたばかりなんですよ」

「まだ話は終わっていません」

「いいえ、いますぐやめてもらいます。でないと、弁護士をしている義兄に電話します」そう言い放つと、アレクサンドラのほうを向いた。「さあ、いらっしゃい。この人はお帰りになるから」

アレクサンドラはフルダをちらりと見ると、立ちあがって叔母に従った。
あの顔は何かを隠している。フルダは確信した。

32

玄関のベルの上にはダーグルの名前しか表示されていなかった。フルダは少し驚いた。あんな若い男性がこんな大きなメゾネット型の住宅にひとりで住んでいるなんて。ベルを鳴らしてしばらく待ったあと、ドアを軽くノックした。強く叩いてみたがやはり応答はない。留守のようだ。最後にもう一度ベルを長押しする。応答なし。出直すことにした。

ベネディフトはダーグルとは違って三十歳の独身男性らしく街の中心部の小さな家の半地階に住んでいた。

青と白に塗られた伝統的な木造住宅で、草が生い茂った庭を通って裏から入るようになっていた。ベルは見あたらず、ドアをノックした。

なかから足音が聞こえ、わずかに開いたドアからベネディフトが顔をのぞかせた。フルダの姿を認めて驚いている。

「こんばんは、ベネディフト」

「どうも……来られるって聞いてましたっけ」

「なかに入れてもらえる？」

ベネディフトは返事をためらった。「いま客が来てるんですが……しかたないか」

「ありがとう。あなたに伝えたいことがあるの」フルダは断りもなく足を踏み入れた。入った瞬間、部屋のまんなかにダーグルが立っているのが目に入った。まるで喧嘩の真っ最中に踏みこんでしまったような空気を感じた。

「どうも」ダーグルは低い声でつぶやくと、寄木張りの床に視線を落とした。

部屋には必要最小限の物しか置かれていない。使い古された革張りのソファー、テレビ、ビデオが詰まった棚。本はなく、壁に絵も掛かっておらず、天井から裸電球が下がっているだけだ。テーブルの上に酒もつまみも出ていないところを見ると、ダーグルは友だちの家に遊びに来たわけではなさそうだ。

「こんばんは、ダーグル。さっきコーパヴォグルのあなたの家に行ってきたところなのよ」

ダーグルが驚いて顔を上げた。「ぼくを捜しに来たんですか」

「ふたりに話したいことがあって来たの。でもダーグル、ここであなたに会うとは思っていなかった」

「いや……まあ、ちょっと……」うろたえている。友人を訪ねた理由を説明するのになぜ言葉を失うのだろう。目に見えない何かがここで起きているのは確かだ。

ふたり別々に話をしたかったが、この状況ではそれも難しくなった。

「座って」フルダは毅然《きぜん》と言った。「長くはかからない」指示に従ってふたりはソファーに並んで腰を下ろした。フルダは隣の小さなキッチンからスツールを取ってくると、彼らの向かいに座った。

しばらくふたりを観察した。緊張して少し汗をかいている。見るからに不安そうだ。

「あなたたちの友人クラーラが崖から転落したのは事故ではなかったようなの」

「どういう意味です？」ベネディフトが鋭い口調で訊いた。

「襲われた形跡がある」フルダは答える。

「襲われた？」ダーグルは信じられないようだ。

「何が言いたいんですか」ベネディフトが訊く。「誰かが彼女を殺したとでも？」

フルダはうなずいた。「そう見える。われわれも他殺を前提に動きはじめた」疑っているのは自分だけでなく、犯罪捜査部が後ろに控えているという印象を意図的に与えた。

「警察が……他殺を前提に？」ベネディフトの声にはショックと怒りが入り混じっている。「冗談じゃない！　ぼくらのどちらかが、あるいはアレクサンドラが彼女を殺したって言ってるんですか」

「島にはほかに誰かいた？」フルダは淡々と進めた。

答えたのはダーグルだった。「いいえ。いませんでした」

「では、ほかにあの場に居合わせた人はいなかったわけね」

ベネディフトは首を振って認めた。

「あなたたちに気づかれないように誰かが島に入った可能性はあるかしら」

「ないと思いますが、まったくなかったとは言えない」

「たとえば夜中に船の音を聞いたとかは？」

「いいえ、それはなかったと思う」

「だったら、差し当たって捜査対象はあなたたち三人に絞られるわね。違った証拠が出てこない限り」

「ばかばかしい」ダーグルが言った。「あなたは本気で信じてるんですか……ぼくたちが友だちを殺しただなんて」

「冗談ですよね」ベネディフトが口を挟む。

「そうならよかったと思う」フルダは真剣に言った。「そろそろ本当のことを話してちょうだい。あの夜、何があったの？」

ダーグルはベネディフトに一瞬目をやって答えた。「いったいこれ以上ぼくたちに何を話せって言うんですか。何が起きたかぼくらは知らない。クラーラより先に寝たんだから」ダーグルは一度言葉を切って、気持ちを静めた。「何を根拠にあなたは彼女が……殺されたと考えているんですか」

「立場上それはまだ言えない」

ベネディフトがいきなり立ちあがる。「その手には乗らない。そんな……なんの証拠もなしにあなたが言ってることにぼくらが答えると思わないでくれ。罠にかけて殺人の濡《ぬ》れ衣《ぎぬ》を着せようって魂胆だろうが、彼女は足を滑らせて落ちたか……そうでなきゃ自分で身を投げたんだ」

「弁護士を同席させる権利があるはずですよね」ダーグルが言ったのは意外だった。

フルダは微笑んだ。「それはあなたたち次第よ。ちょっと落ち着きましょう。誰も逮捕されたわけじゃないし、まだ容疑者でもない……正式にはね。これはただのおしゃべりよ。朝になれば、正式に出頭してもらう必要があるかどうかはっきりする。あなたたちとアレクサンドラに。そのときは弁護士を連れてきてもらってかまわない、そうしたければ」

ベネディフトは立ったまま黙っている。ダーグルはじっと座っている。

「ところでダーグル、ここでいったい何をしているの」フルダは目の前に座っている青年を見すえた。

「何って」不意を突かれたようだ。

「とぼけないで。ただ友だちに会いに来たんじゃないでしょう」

ダーグルは黙りこんでいる。

「ふたりで口裏合わせでもしていた？」フルダはベネディフトに視線を戻した。

ベネディフトは激しく首を横に振った。だが、いきなりやって来て追及を始めたフルダのやり方に腹を立てているだけでなく、ようやく事の重大さに気がついて不安になってきたようだ。

「とんでもない。違います」ベネディフトは言った。

「ダーグルはどう？」

「えっ？　ああ、いいえ。そんなんじゃないです。まったくの誤解です。口裏を合わせる必要なんてぼくたちにはありません。本当に」

彼らの言葉は信じられる、おおかたは。たぶん本当のことを言っているのだろう。それでもまだ信頼しきれない。

フルダは立ちあがった。

「だったらダーグル、あなたはここで何をしているの？」

ダーグルはじっと考えている。長すぎる。「友人が死んだんです」やっと口を開いた。「目の前で死なれたと言ってもいい。とてもひとりでは向きあえなくて、ここに来ました。アレクサンドラとは疎遠になっていたけど、ベニとはずっと親友でした。お互いに隠し事なんてしたこともなかった……」

ダーグルの最後の言葉に違和感を覚えた。何か深い意味が隠されている気がする。フルダはそれを明らかにすることに決めた。

33

三人には追って知らせがあるまで町を出ないように指示した。ベネディフトとダーグルは異議を唱えなかったが、アレクサンドラは東部の家族の元に帰らなければならないと訴えた。だが結局折れて、あと一晩か二晩は留まることを了承した。

フルダは次の日の朝、十年前にダーグルが警官を脅迫したとして注意を受けた際に調書をとったソルヴァルズルに会いにいった。ソルヴァルズルは三十代半ばの誠実で浮ついたところのない、それでいて話をしやすい男だ。

面会を求めるとフルダはソルヴァルズルの部屋に通された。

「どうしたんですか」ソルヴァルズルは作りものではない笑みを浮かべた。

「たぶん時間の無駄だとは思うけど、一九八七年にあなたが作成した報告書の件で来たの」

「一九八七年というと、警察学校を出たばかりの頃だな。わたしが警察に入ったのは一九八六年だから」

フルダはダーグルに関する報告書のコピーを差しだした。

「きっと覚えていないと思うけど……」

「どれどれ」ソルヴァルズルは報告書に目を通しはじめた。

「なるほど一九八七年ですね。それじゃ、やはりあいまいな記憶しか残ってないかな」報告書をじっと見ている。「まだ十九歳か。と言うと札付きの不良か何かですか」

フルダは首を振った。「いいえ、普通のちゃんとした子よ、わたしの知る限りでは。警察の記録に出てきたのはこの一件だけ」

「ダーグル……ダーグル・ヴェトゥルリザソン？」何か思いあたったようだ。「ああ、はい、なるほど。ダーグル・ヴェトゥルリザソンか。すみません、すぐに気がつかなくて。父親のことを言ってくれたらすぐに思い出したんですが」そう言って微笑む。

「父親？」

「ええ、父親に関係したことだったでしょう？　どうしていまさら調べているんですか」

「父親？　彼の父親が何かしたの？」

「ヴェトゥルリジ・ダーグソンです。覚えていませんか」

名前にはなんとなく聞き覚えがあるが、思い出せない。

「自分の娘を殺害した男ですよ、ほら」

思い出した。フルダは捜査に関わっていなかったが、事件は大々的に報道されたから、知らない者はいなかっただろう。まさに胸が悪くなる事件だった。コーパヴォグルの表向きは立派な会計士が、西部フィヨルドの人里離れた別荘で娘を殺害して起訴された。男は判決が出る前に拘置所で自殺した。詳しいことは覚えていない。ニュースや警察署の廊下で小耳に挟んだ情報をつなぎ合わせて捜査状況を追っていたにすぎないからだ。それでもこれがリーズルの昇進の足固めとなった事件だったことは記憶に残っている。事件の裏にアルコール依存症や虐待があったとも見られ、当時はまだ気づいていなかったとはいえ、フルダにとってはかなり身につまされる事件だ。

この会計士がコーパヴォグルに住んでいたというのも合点がいく。独身のダーグルには大きすぎるあの家は親と暮らした家に違いない。そこにいまでもひとりで住んでいるのだろう。だとすると別の疑問がわく。母親はどうしているのだろう。

「なんてこと」フルダはつぶやいた。「ダーグルが彼の息子だったなんて」

「知らなかったんですか」

「ええ、まだ……そこまで調べてなかった」

「じゃあ、なぜこんなことを調べているんですか。もう昔のことですが、その息子がちょっとした騒ぎを起こしたんです」

「当時のことを覚えてる？」

「ええ、彼のことは気の毒に思っていましたから。しょっちゅう署にやって来ては、父親の逮捕が不当だと訴えていた。父親の有罪を認めようとしなかった。たいていはリーズルに面会を求めるだけなんですが、それではすまないときもあって、われわれに向かって暴言を吐いたり、大声をあげたりすることもありました。でも……まあ、かわいそうじゃないですか。だからわれわれも大目に見ていたんです。でもあるとき度を超して、われわれを脅迫しはじめた。それで拘束せざるをえなかったんです。少し話をしたら落ち着いたので釈放しました。当時は荒れていましたよ。でも状況を考えたら当然だ」

「そうね……」フルダはうわの空で答えた。この事実を受けいれるのはつらい……自分の娘を殺害した男の息子だったなんて。いや、きっと関係ない。

「さあ、もったいぶらずに聞かせてくださいよ。どうしてこの息子に関心があるんですか」

「殺人事件の容疑者なの。週末にエトリザエィで女性が転落死したことは知ってるでしょう」

「うそでしょう？　なんてことだ。本当に？」

フルダはうなずいた。

「それで、あなたは彼が犯人だと？」

「もう何をどう考えればいいのかわからなくなった」

「まあ、そういう血筋ってことはありますよね」

フルダは眉をつり上げた。「やめてちょうだい」

「いや、真面目な話。遺伝的にそうした傾向があるかもしれないじゃないですか。わたしがあなただったら、その可能性は除外しないな」

「父親が殺人犯だったからって彼を逮捕するわけにはいかないでしょう。そうしろって言ってるの？」

「あなたは父親とうりふたつの人間を相手にしているかもしれないってことですよ、フルダ」

34

マスコミはすでに事件を嗅ぎまわり始めていた。フルダが机に戻ると、島で何があったのか問い合わせるメッセージがいくつも残されていた。いまはマスコミ対応で時間を無駄にしている場合ではない。幸い、警察が他殺を疑っていることはまだ外部にもれていなかった。

ソルヴァルズルから得た情報に照らせば、至急ダーグルと話をする必要があるが、その前に父親ヴェトゥルリジの事件の詳細を把握したかった。そのためにはリーズルに訊くのが一番速いが気が進まない。彼が嫌いだし、きっと向こうもそう思っている。だが捜査を担当していたのはリーズルだ。それだけではない。この事件がリーズルにとって大きな昇進のチャンスになったのだ。当時はちょっとした有名人だった。せっとメディアに登場して捜査状況を説明し、市民に信頼される警察官としての役割を担った。リーズルはそういうことが得意だ。それはフルダも認めるが、信頼はしていない。理由は自分でもよくわからない。

だが、ついにフルダにも大きな事件がまわってきた。それは直感でわかる。これは自分にとってまたとないチャンスであり、壁を突き破って昇進と昇給をものにしたければ、この事件を利用しない手はない。おそらくこういうときにこそ思い切って記者会見を開いて脚光を浴びるべきなのだろう。自分はリーズルのような生まれながらのパフォーマーではないが昇進はしたい。もしこの事件で結果を出せたら、その功績は無視させないつもりだ。

思い切ってリーズルの部屋に行くと休暇をとっていると知って拍子抜けした。昨日、仕事を終えたあとボルガルフィヨルズルの別荘に向かったらしい。しかもそこには電話がないという。フルダもそうだがリーズルもまだ携帯電話を持ち歩く習慣が身についていなかった。電話の携帯は世の中の流れであり、そのうち義務づけられるだろうが、それまでは上司といつでも連絡がとれるわけではないという自由を最大限に利用するつもりでいる。

よく考えると、今日は天気もよく、ドライブに出かける絶好のチャンスに思えてきた。ちょうど愛車のシュコダは整備から戻ってきたばかりで、ボルガルフィヨルズルまでひとっ走りしても支障はないはずだ。いや、まったく悪くない考えだ。

レイキャヴィークから海岸線を北上する道は何度走っても飽きない。フルダが好きな山もいくつか見ることができる。皿状に延びた山が半島を成すアークラスフィヤットル、偉大なる山エーシャ、アルプスのようにとがった山が連なるスカルズスヘイジ。この眺めがまもなく見られなくなると思うと、クヴァールフィヨルズルをぐるりとまわっていく時間も気にならなかった。来年このフィヨルドを渡る海底トンネルが開通すると、対岸までの所要時間が現在の一時間から七分に短縮される。だがこの山と海が織りなすパノラマ、農場や白い干し草ロールが点在する牧草地、古い捕鯨基地や第二次世界大戦中に建てられたニッセン式兵舎といった目になじんだ史跡が見られなくなるのは寂しかった。

ハプナルフィヤットルの山裾を回りこむと、ボルガルフィヨルズルが見えてきた。このフィヨルドの中心を成すのはかわいらしい白い教会があるボルガルネースという小さな町だが、フルダの目的地はそこではなかった。リーズルの別荘はわざと生活しづらくしているような別荘地のまんなかにあった。方向感覚は悪くないフルダでも同じところをぐるぐる回ったあげく、ようやくカバノキの向こうに見え隠れしている家を見つけた。

フルダはリーズルの四輪駆動の大型車の横にシュコダをとめた。こういうときに頭をよぎるのはリーズルとの給与等級の差や、それが彼の年齢や経験に照らして正当とは思えないことだ。

ドアをノックしたが返事がないので裏庭にまわってみると、バーベキューグリルの前にリーズルが立っていた。シャツの胸をはだけ、サングラスをかけ、フルダを見てびっくりしている。

「フルダ！　これは驚いたな。ここでいったい何をしてるんだ？」愉快そうに訊く。驚きはたちまち好奇心に変わったようだ。

「ごめんなさい、突然押しかけてきて」フルダは心にもない詫《わ》びを言った。内心ではみじめな思いをかみしめていた。リーズルはこんなすてきな別荘としゃれたSUVを持っているのに、自分は十年前に買ったシュコダと、多額のローンが残っているウサギ小屋のような住まいと、数年に一度順番がまわってくる組合の保養所でがまんするしかないのだ。その保養所もレイキャヴィークの郊外といってもいいところにある……まったく不公平だ。

「いや驚いただけだ。家内はちょっと横になっている。あとで紹介しよう。いや、もう会ってるか」

「ええ、何度か」

「ああ、そうだったな。ところで緊急の用件なんだろうが、わたしを引きずり戻しにきたわけじゃないだろうな」リーズルは笑った。

「その心配はないけど、少し時間をもらえる？」

「いいとも。ハンバーガーはどうだい？　たくさんあるんだ」

遠慮しようと思ったが、空腹だったことに気づいた。「いただこうかな、ありがとう」

「ハンバーガーひとつにコーラですね、ただいまお持ちします」そう言って、聞き慣れたわざとらしい笑い声を響かせた。この男のやることなすことすべてがわざとらしくて信用できない。それでも出世の階段を駆け上がる勢いは止まらない。これはただの嫉妬《しっと》だろうか。

リーズルはなかに入るとすぐに大きなパティを持ってきて網にのせた。脂が焼け落ちる音がする。

「よし、じゃあ始めてくれ。いったいなんの用があってこんなところまで来た」ふざけた口調は消え、仕事の声になった。

「昔の事件のことであなたに訊きたいことがあるの。ヴェトゥルリジ・ダーグソンを覚えてる？」

ヴェトゥルリジの名前を聞いてリーズルは狼狽《ろうばい》した。本人は隠そうとしたがフルダは見逃さなかった。単純な質問の割に沈黙が長い。

「ヴェトゥルリジ、ああ、もちろん覚えている」ようやく答えたが、感情は出さなかった。「衝撃的な事件だった」フルダを見ずに訊いた。「なぜあの事件に関心が？」

「週末に彼の息子と会ったのよ。名前はダーグル。あなたは事件当時に会った？」

「まあ……そうだな」しぶしぶ答えた。「名前は忘れたが少なくとも一度は会っている。父親を逮捕したとき、息子がずいぶん興奮したのは覚えている。夜明けに逮捕に行ったんだが、息子が起きてきて大声で騒ぎはじめた。もう子供とは言えない歳だったがね。十八か十九だったはずだ」

「十九歳だった」フルダは言った。

「そうか。いま思いかえすと……息子はまるで真実に向きあおうとしなかった」リーズルはフルダと目を合わせた。落ち着きを取り戻した顔だ。「もちろん理解はできる。家族にとってあんな悲惨なことはない」

リーズルはグリルに向きなおり、さりげなく訊いた。「どこで息子に会った？」

「わたしがいま担当している事件に彼がかかわっている」

エトリザエイの転落死を殺人事件に切り替えて捜査することをリーズルはまだ知らないはずだ。ここには電話がない。

「どんな事件だ。ヴェストマン諸島のあれか？」

「ええ。他殺を示唆する証拠が明らかになった」

「他殺？　なんてこった。戻ったほうがいいな」

「わたしが対応している」フルダは思わず声を上げた。

「まったく」リーズルはフルダの声を無視して言った。「家内に事情を話して大急ぎで戻る。ところで何が訊きたかったんだ？」

「わたしが知りたかったのは」フルダはこみ上げてきた怒りを抑えながら答えた。「あなたが当時ダーグルを捜査対象にしたことがあったかどうか」

「彼を捜査対象？　どういう意味だ」

「容疑者として考えたことはあった？」

リーズルが振り向く。「姉の殺害容疑でか？　いいや、もちろんなかった。それはない。あれは単純明快な事件だった。きみだって覚えているはずだ。殺《や》ったのは父親のヴェトゥルリジだ。疑問の余地はなかった」リーズルはきっぱりと言った。説得力もある。フルダは納得した。

「ざっと事実関係を聞かせてもらえる？　あなたが捜査を担当したのよね」フルダは答えは知っていたが訊いた。

「ちょっと待ってくれ」リーズルはハンバーガーを皿にのせると、フルダにデッキの椅子を勧め、向かい側に座った。一瞬フルダは何もかも忘れて、焼きたてのハンバーガーの匂いと風のない暖かい夏の空気を味わった。これが人生のあるべき姿だ——かつてのフルダの人生だ。

リーズルはまた立ちあがった。「コーラを取ってくる」

すぐに戻ってくると椅子にどかりと腰を下ろし、質問に答えた。「確かに、わたしが最初から最後まで捜査を担当した。捜査は円滑に進んだ、と付け加えておく。おぞましい犯罪だった——父親が自分の娘を手にかけるなんて。わが子に暴行するなんて、いったいどんな父親だ？」

この言葉にフルダは背筋が凍った。

「死体はどこで発見されたの」

「西部フィヨルドだ」リーズルはハンバーガーにかぶりつき、咀嚼《そしゃく》しながら言った。「現場は血の海だった。家族の別荘だった。最初、被害者はひとりでそこに行っていたと見られたんだが、ヴェトゥルリジのセーターが決め手になった。娘の手にしっかりと握られていた。ヴェトゥルリジはセーターが自分のものだとは認めたが、娘と一緒にいたことは否定した。だが娘がなぜひとりで行っていたのか誰も説明できなかった。娘と父親はよく一緒に行っていたというのにだ。だったら足りない部分はわれわれの推測で埋めるしかない」リーズルは次のひとくちでハンバーガーを半分片付けると、ほおばるあいだ話を中断した。フルダもそのあいだにハンバーガーの味を見た。恐れ入った。リーズルはグリルの扱いがうまい。

「つまりだ」リーズルは先を続けた。「彼らはときどき一緒に別荘に行っていたんだ、ふたりっきりで。となると、そこで何が起きていたかは容易に察しがつく——父親が娘にしていたことが。そしてあの週末を迎えた。だが娘はもう子供じゃなかった。父親の言いなりにはならないと決めたに違いない。ともかく、わたしにはその光景が目に浮かぶようだった。腹を立てたヴェトゥルリジが娘を突き倒し、娘はテーブルの角に頭を打ちつけて失血死した。どの程度の争いがあったかはわからない。しかし娘を救えたかもしれないのに、あいつは血を流している娘を置き去りにして死なせた。当然のことながら事件は大きな物議を醸した。あんな犯罪で父親を逮捕しなくちゃならないなんて、やりきれなかった。きみも想像できると思うがね」だが言葉とは裏腹に、リーズルの顔に哀れみなどいっさい見てとれなかった。

「ええ、わかる」

「あいつは依存症でもあった。かつては酔っ払って何日も帰ってこないこともあったそうだ。リハビリ施設に入って少なくとも一度は酒を断ったんだが、また飲みはじめていたらしい。家族に隠れて酒を飲むのに別荘を使っていたこともわかった。別荘のあちこちに酒瓶が隠されていた。わたしが思うに、あいつは娘を殺害したときも酔っていたんだろう。それを証明することはできなかったが、飲酒癖は検察側の恰好《かっこう》の攻撃材料となった」

「合理的な疑いを差しはさむ余地はなかったの？」

「まったくなかった」言いきった。「ヴェトゥルリジはとことん有罪だった。本人があんな形で決着をつけたことで残っていたわずかな疑いも消えた。彼が首を括《くく》ったとき、名探偵でなくてもその意味するところはわかった。すでに起訴されて化けの皮ははがれていた。それでも自分のやり方でけりをつけたかったんだろう。それで一件落着だ。もちろんわたしは彼が裁判で有罪になるのを見たかったがね、彼は自分がやったことに耐えられなかったんだろう。その気持ちは理解できなくもない」

「息子の話に戻るけど、息子もそのとき別荘にいたという可能性はなかったの？」

「息子？　いや、それは絶対にない。息子がいたことを示す証拠はなかった」

「その可能性については調べてみた？」

「特に調べなかった。彼はまだ子供だったし、そんなことを考えるまでもなかった。ヴェトゥルリジはあの週末はひとりで隠れて酒を飲んでいたらしい。自宅にいたと主張したが、アリバイはなかった。妻は友人と旅行中だったし、息子も家にいなかった。ヴェトゥルリジは信じてくれと訴えたが……実際は娘とふたりで別荘にいたんだよ。娘はひとりであんなところまで行けなかっただろうからな」

「娘の名前は？」

「カトラだ。当時二十歳だったと思う。彼女のことを悪く言う者はなかった。ほがらかで、活発で、人をからかうのが好きな娘だったそうだ」

「事件が起きたのはいつだったかしら」

リーズルは思い出していた。「八〇年代後半……八七年、確かそうだ。十年前だ」

「カトラに彼氏はいた？」

「いや、いなかった。あちこち聞きこみにまわったし、友人にも話を聞いた」そろそろフルダの質問に我慢できなくなってきたようだ。

「誰に訊いたか覚えてる？」

「そんなの忘れたよ」

「ファイルを見たらわかるかしら」

「それはどうだろう。数人に訊いてまわっただけで、正式な事情聴取はしなかった」

そう言うとリーズルは大きなため息をついた。

「ダーグルと話したとき、この事件のことはまったく出てこなかった。彼の周囲で二度も殺人事件が起きたなんて……気になるわね」

「よしてくれ、フルダ。そんなの考えすぎだ。十年前に殺されたのは彼の姉だぞ。彼もまた犠牲者だったんだ」

リーズルは立ちあがった。

帰れと言うことだ。フルダも立ちあがった。「ありがとう、リーズル。おかげで参考になった」ふと気になって訊いた。「ところでヴェトゥルリジは自白したの？」

「いや、正式には自白はとれなかった。だが状況は極めて明白だった。本当だ、フルダ。きみは見当違いをしている。ふたつの事件は無関係だ。そんなことはありえない。考えるまでもない」

35

カトラ。

二十歳のときに別荘で死んでいるのを発見された。

フルダは陽射しが降りそそぐ外から戻ると、部屋に閉じこもって残った時間を古い事件ファイルを読んで過ごした。カトラの死とエトリザエイの事件は無関係だというリーズルの主張はフルダの直感とは相容《あいい》れなかった。カトラの事件についてもっと知る必要がある。それにはダーグルにもう一度会って話すのが一番だろう。

ハンバーガーを食べながらリーズルから聞いた話はかなり正確だった。事件は十年前に起きた。カトラの死体が発見されたのは一九八七年の秋、場所は家族の別荘で、イーサフィヤルザルデュープの南岸にある無人のフィヨルド、ミョイフィヨルズルのはずれのヘイダルアーという谷にあった。死体を発見したのは地元の警察官で、イーサフィヨルズル署の署長アンドリェス・アンドレソンだった。この警察官からも事件の話を聞く価値はあるかもしれない。

写真で見ても凄惨な現場だったことはわかる。カトラは後ろ向きに倒れテーブルの角に頭を打ちつけて致命傷を負った。死体が発見されたときには死後数日が経っていた。フルダは最初に現場に入った者の気持ちを想像するとぞっとした。カトラリーズルによれば父ヴェトゥルリジのロパペイサが逮捕の決め手になった。カトラが手にしっかり握っていたという。だが妙なことにどの写真を見てもロパペイサなど見あたらない。だがアンドリェスはその点について詳細に供述しており、被害者の脈を確かめる際にセーターを移動させた可能性があると説明している。

もしそうなら、アンドリェスは極めて異例の行動をとったことになる。犯罪現場の証拠を動かすなんてありえない。ますますアンドリェスに話を聞いてみたくなった。分厚い書類の束の最後のページに、容疑者はみずから命を絶ったという短い報告が記載されていた。

「おじゃまして申し訳ありません」フルダはできるだけ柔らかい声を出すように意識した。クラーラの両親はコーパヴォグルに住んでいる。ダーグルの家から通り二本隔てたところにある一戸建てで、七〇年代に建てられたようだった。「少しお話をうかがえませんか。すぐに終わりますので」

警察はクラーラの死亡の報告を受けるとすぐに教区の牧師を伴って両親に伝えにき

た。だが夫婦のやつれた姿を見ると、まだ知らせを受けたときのショックをそのまま引きずっていることがわかる。

「そうですか。ではどうぞなかへ」クラーラの母親とおぼしい五十代の女性が言った。青白い顔で、髪は短く、古めかしい眼鏡をかけている。「アグネスです。こっちは主人のヴィルヒャルムル」

「そっとしておいてもらえませんか」夫はため息をつくとつらそうに言った。言葉に実感がこもっている。「娘のことで調べてるんですか」

「はい、わたしが担当しています」フルダは静かに答えた。夫婦のあとについて入ったリビングルームは寂寥としていた。照明はすべて消え、カーテンも引かれている。夫婦の深い悲しみが伝わってきて押しかけてきたことに気まずさを覚えた。

「それで……」夫はかすれた声で言いかけ、咳払いをして言いなおした。「それで何かわかったんですか。あの子がどうして……落ちたのか」

できるだけ衝撃の少ない答えを返す。「さまざまな角度から調べているところです。ただ可能性として……なんらかの争いがあったのではないかと」

クラーラの父親は息をのんだ。「それは……どういうことですか。争いというのは」

「お嬢さんは誰かに突き落とされた可能性があります」

「まさか。そんなことあり得ません」アグネスがきっぱりと否定した。「そんなことわたしは信じません」

「島で一緒だった人たちはお嬢さんと親しかったんですか」

「みんな長年の友人でした。クラーラが高校に行っていた頃は片時も離れられないみたいにいつも一緒だった」

「当時、仲がよかったグループに誰がいたか教えていただけますか」

今度は夫が妻に先んじた。「同じ子たちです……ダーグル、ベニ、アレクサンドラ。そしてカトラ」最後の名前を口にしたとき声が沈んだ。

「カトラというのは西部フィヨルドで亡くなった女性ですね」

「殺されたんです」アグネスが口を挟む。「恐ろしい、本当に恐ろしい事件でした」

「当時のことを聞かせていただけますか」

沈黙が返ってきた。

しばらくして母親は首を振った。「それは気が進みません」

フルダはためらった。どこまで追及していいかわからない。

「それはうちが話すことじゃない」夫がたまりかねて言った。「あの子の……カトラの家族に聞いてください」

「仲はよかったんですか、クラーラとカトラは」

また長い沈黙があり、次は母親が答えた。「親友でした」

まだ話の先がありそうだ。

「カトラが死んで、何もかも変わった」母親は低い声で言った。

「どういう意味ですか」

するとと夫が立ちあがって、妻の肩にそっと手を置いた。「いまはやめておきなさい。もうふたりにしてもらったほうがいい」

これにはフルダも何も言えなかった。もっと具体的な話を聞きたいという気持ちはあったが、クラーラの親にさらなる苦痛をもたらすことは控えたかった。

「おじゃまして申し訳ありませんでした」フルダは立ちあがった。「心からお悔やみ申し上げます。捜査の進捗状況についてはまたお知らせします」

〝カトラが死んで、何もかも変わった〟とクラーラの母親は言った。フルダはカトラの死が事件解決の鍵を握っているという思いを強くした。

こんなことがある？　カトラとクラーラ、同じ遊び仲間にいたふたりの女性が十年のあいだに殺された。めったに殺人など起きないこのアイスランドで。しかも今回の事件の現場に居合わせたのは全員最初の被害者の友人あるいは家族だった。このふたつの事件が関連していないわけがない。それだけではなく、同一人物による犯行の可能性も検討すべきだろう。あの三人の誰かがふたりとも殺したなんてことがあり得るだろうか。

ベネディフトは？　わからない。わかっているのは何かを伏せているということだけだ。

アレクサンドラは？　一見、内気で神経質な女性だが、その下にまったく違う人格が隠れていないとも限らない。

あるいはダーグルか？　彼はカトラの弟だ。好感のもてる若者だが、十年前に父親が殺人容疑で逮捕された際には激しく抗議し、その後とうとう警官を脅迫するところまでいったという。ダーグルが姉を殺害し、父親が罪を背負ったということはないだろうか。そのとき母親はいったい何をしていたのだろう。そうだ、この母親を見つけだして話を聞く必要がある。

フルダはカトラを殺害したのは実はダーグルで、父親ヴェトゥルリジは無実だったかもしれないという考えを拭えなかった。この仮説はあまりにも衝撃的だが、ほかのどんな解釈よりもしっくりくる。友人よりも弟のほうがカトラとのかかわり合いは深かっただろうし、家族なら別荘にも自由に出入りできただろう。そして何より重要なのは、もしヴェトゥルリジが無実なら、自殺したのは息子を守るためだったと考えられることだ。ではなぜ、ダーグルはクラーラも殺害しなければならなかったのだろう。

行動に出るときが来た。ダーグルを出頭させ正式に取り調べを行い、留置場で不安な夜を過ごさせる。おそらくそれで過去の秘密を少しはあぶり出せるだろう。

36

警察署に戻ると、ありがたくない知らせがフルダを待っていた。リーズルが別荘から戻っていて、できるだけ早くフルダに会いたがっているという。いったいなんの用だろう。何より心配なのは事件を取りあげられることだ。だがリーズルの上司はフルダに事件の捜査を任せた。不正行為や重大なミスを犯さない限り、途中で捜査からはずされることはないはずだ。

「お帰りなさい」ついとげのある口調になった。リーズルが立ちあがる。陽射しを浴びすぎて、顔がロブスターのように真っ赤だ。

「やあ、フルダ」リーズルはフルダの口調に気づいたのか、すぐに安心させるように言った。「何もきみの仕事を横取りしに戻ってきたわけじゃない。捜査は引き続ききみが担当してくれ。わたしが休みを切り上げて戻ってきたのは、きみに協力するためだ。なんと言ってもわたしは十年前の捜査で今回の事件の関係者をよく知っているからね。どうだろう？」

「ええ……それで結構よ」しぶしぶ承諾した。

「よかった。知ってると思うが、わたしはずっときみと一緒に仕事をしたかったんだ、フルダ。ぜひこの機会に捜査の奥義を学ばせてくれ。実際、いままで一度も組んだことがないなんて驚きだよ」リーズルは嬉しそうに笑った。「それで、どこから始める？」

「わたしとしては……ダーグルを呼んで正式に取り調べたいと思ってる」

「なるほど、すばらしい。彼が来たら知らせてくれ、わたしも立ち会う。ここの取調室で尋問するんだろう？」

フルダはうなずいた。思わぬ展開に気が滅入《めい》った。

リーズルは故意にふたりを待たせているのだろう。

フルダとダーグルは取調室で机を挟んで向きあって座っていた。ダーグルは時間通りにやって来たが顔の色を失い、訊かれたこと以外はひと言もしゃべらない。

「待たせて申し訳ないけど、もうひとり立ち会うことになっているの」フルダは言った。

ダーグルはうなずいた。

ふたりは黙って座っていた。待つ時間は長く感じる。

ダーグルが刻々と緊張を増していくのが手に取るようにわかる。もしかしたらこれがリーズルの戦術なのかもしれない。

ドアがノックされ、待っていた男が入ってきた。

「遅れてすまなかった。やあ、ダーグル」リーズルは愛想よく声をかけながら手を差しだした。

ダーグルは顔を上げると、驚いてリーズルを二度見した。「この人がどうしてここにいるんですか」

「ふたりは面識はあるのよね」フルダは言った。

「きみとは昔——十年前に会ってるんじゃなかったか」リーズルはそう言うと、宙に浮いた手を引っこめた。

フルダの目はダーグルの顔に注がれたままだ。

ダーグルはうなずいた。「ええ、よく覚えています。父を逮捕した人だ」

「あれはわたしにとってもつらいことだった」

「父は無実だった」ダーグルが鋭い口調で切り返す。

「リーズルが立ち会うのは、あなたのお姉さんが亡くなったときのことについて話を聞く必要があるからよ、ダーグル」フルダはいかなる口論も許さないことを声ににじませた。

ダーグルはうなずくと急に力が抜けたようになった。

フルダは先に進める前に、ダーグルに容疑者として尋問するので弁護士を同席させる権利があることを伝えた。

ダーグルは首を振った。「ぼくは何も間違ったことはしていない」そして低い声で付け加えた。「父もそうだった」

「あなたもあなたの友だちも島でわたしに嘘をついていたわね」フルダはリーズルが口を挟む前に尋問を始めた。ここは自分が取りしきると決めている。

「あなたに嘘を？」

「十年前にもあなたたちの周囲で殺人事件があったことを言わなかった」

「一度も訊かれなかった」

「黙っていたのは隠していることがあるから？」

「いいえ、まったく違います。確かにぼくたちは、カトラが亡くなって十年が経ったのを機に集まった。だけど、それだけです。姉は再会の口実のようなものだった」そして力なく付け加えた。「いずれにしても、ぼくたちはカトラの死には関わっていない」

フルダはあえて黙っていた。

すると先を続けざるをえなくなったように、ダーグルはまた口を開いた。「確かにカトラはぼくの姉で、アレクサンドラ、クラーラ、ベニとは友だちだった。でもそれだけのことです。どうしてまた蒸しかえさなくちゃならないんですか。クラーラに起きたこととは関係ないでしょう」

「それでも最初にその話が出るのが普通じゃないの？」フルダはそう言ったもののダーグルに少し共感していた。過去のつらい出来事をわざわざ持ち出したくなかった気持ちは理解できる。

「でもぼくたちは……ぼくは何もしていない」ダーグルは繰りかえすと、額から汗をぬぐった。

「あなたはなぜお父さんは無実だったなんて言えるの」

「無実だったからです」言葉に力が入った。「警察がなんて主張していたか知ってますか？　こう言ったんですよ。父は何年にもわたって姉を虐待していた上に、姉を別荘に連れて行って殺したって。ぼくは父を知っていた。父はそんなことをする人じゃなかった」声がかすれる。「そんなことができる人じゃなかった。確かに酒は飲んだ。せっかくやめたのに、また内緒で飲みはじめていた。だけど家族にはそんな姿を見せないようにしていた。酒を飲んで暴力を振るうこともなかった。酒は父の立場を弱くしただけです。酒のせいで父は警察の恰好の標的にされた。警察の捜査がお粗末だったせいで、父は罪をなすりつけられた」ダーグルは憎しみでゆがんだ顔でリーズルをにらみつけた。

「ダーグル、週末に何があったの」フルダはダーグルの怒りには取りあわず、友だちから内緒話を聞きだすような口調で訊いた。

「何って……何もありません。クラーラがあんなことになった以外は。何度言わせるんですか。あれは事故です」

「でもこんな偶然がある？　あなたたちの友人が十年のあいだにふたりも殺されたのよ」

「ぼくは……」ダーグルの声は一瞬震えたが力を取り戻した。「ぼくはクラーラが殺されたとは思っていない。あなたは好きなように考えればいい。島にはぼくたち四人しかいなかった。ぼくはみんなを知っている。みんなぼくの友人だ。殺人犯なんかじゃない！」

なんの偏見も持たなければ、嘘偽りのない言葉に聞こえる。

しばらく沈黙が流れたあと、フルダは再び切りだした。「あなたはお父さんもカトラを殺していないと考えているのよね」

「百パーセント無実です」

「だったら犯人は誰？」

「ぼくが知るわけないでしょう」声が震えている。

「あなたたち四人の誰かなの？」

ダーグルは激しく首を振った。「違う！」

「アレクサンドラか、ベネディフトか」

「いいえ……」今度は自信がなさそうだ。

「それともダーグル、あなたなの？」

不意を打たれたようにダーグルは一瞬たじろぐと、弱々しい声で抗議した。「ぼくは指一本触れて――」

フルダはそれを遮って言った。「ダーグル、仮によ、あなたのお父さんはカトラを殺害していなかったとして、カトラを殺害しておきながらその罪を逃れ、先週末にまた殺人を犯した人物は誰かと考えるとしましょう。カトラと近い関係にあり、島にもいた人物……となると、わたしがリストのトップにあげるのはあなただと言わざるをえない」

ダーグルが椅子から飛びあがる。「冗談じゃない！」

「あいにくわたしは本気よ。リーズル、あなたはどう思う？」フルダは振りかえった。

リーズルはフルダの視線を受けとめたが、顔色ひとつ変えず、返事もしなかった。

「ヴェトゥルリジ以外に、誰がカトラ殺害の容疑者としてあがっていたの」リーズルに返事を促す。

「ヴェトゥルリジは有罪だった。ほかの容疑者をここで持ち出しても意味がない。捜査に抜かりはなかった」

フルダはダーグルに向きなおった。「座りなさい。きちんと話しましょう」

「話すことなんて何もない」そう言ったが座った。

「ダーグル、あなたたちが十年前の事件のことをわたしに黙っていたのは不自然としか言いようがない。あなたたちは全員カトラを知っていたし、カトラとなんらかの形で関係があったわけでしょう」

ダーグルはしぶしぶうなずいた。

「警察が重要な情報だと考えるのはわかっていたはずよ」

「その事件を口にするのはぼくにはつらいんです。わかってください。それに……正直言って、あなたは知っていると思っていました。そうでなくても、どうせすぐにわかることだと。でも関連なんてありません。あるはずがない」

「あなたはお父さんの無実に相当確信があるようだけど」フルダはダーグルを見つめた。「捜査の再開を訴えたり、それとも――」

「それともなんですか。自分で調べたのかって？　ぼくは刑事じゃありません。それに当時はまだ子供だった。ぼくの力であのときにできたのは父を支えて、父を信じることだけだった。ぼくはそのことを誇りに思っている。もちろん……もちろん知りたい。誰が……」突然黙りこむ。いまにも泣きだしそうだが咳払いをすると続けた。「誰が姉を殺したのか知りたい。でも、もうわからないだろうと思っています。あのことは……カトラの事件はみんなの人生を破滅させた。父は逮捕され、母は……」

フルダは待ったが、ダーグルはその先を言わなかった。

「お母さんはどうしたの？　お元気なの？」

「ええまあ」

「あなたと一緒に住んでいらっしゃらないのよね」

「母は介護施設で暮らしています。カトラと父が亡くなったあと、母は言ってみれば、何もかもあきらめた。そして自分のなかに引きこもってしまった。外に出なくなり、人と話さなくなった。生きることに興味を失った。医者に見せても悪いところは見つからなかった。それでも何も変わらなかった。説明は難しいんですが……」

フルダはうなずいた。「わからなくはない」フルダもディンマが死んだあと底知れぬ絶望を味わった。だが激しい葛藤の末に戦いつづける決心をした。復讐《ふくしゅう》を遂げ、そしてそのあとは懸命に生きていくことにした。だがむなしく感じる日も多い。いくら忙しくしていても心の空白と悲しみは埋められない。それでも頑固に進みつづけている。あきらめたくはない。それは誰のためにもならないから。

「お母さんがなぜそんなふうに変わってしまったかわかる？」フルダは訊いた。

「えっ？　いいえ……でも薬のせいだと思うことはあります」

「薬？」

「ええ、母はありとあらゆる薬を処方されたので。カトラと父が亡くなったあと母はすっかりふさぎ込んでしまった。無理もありません。そして残ったぼくにすべてが委ねられた。家計も家の管理も何もかも。医者は早く立ちなおらせようと、母を薬漬けにした。そんなに薬をのんだらかえって体がおかしくなるんじゃないかと思うこともありました。結局、母は一度もよくならなかった」

「たとえばなんだけど……」フルダはできるだけダーグルを怒らせたくなかった。「お母さんが別の世界に引きこもってしまったのは、お父さんがお姉さんを手にかけたことに向きあえなかったからってことはないかしら」

「違う！」ダーグルは激しく言い返した。「父はやっていない」

「わたしはお父さんが有罪だったとは言ってない。ただ、お母さんはお父さんが有罪だったと思っていたかもしれない。その可能性はある？」

「いいえ」今度は怒っていなかった。「母は父を信じていた。ぼくと同じように」

「ふたりで話し合ったことはあるの？　お父さんが有罪かどうか」

「いいえ。ぼくも母も父の無実を確信していましたから」一瞬黙りこむ。「でもありえなくはないかもしれない……母が疑っていたというのは。その男のせいで」ダーグルはリーズルに向かって指を突き出した。「その男は……警察はあらゆる手を尽くして父の印象を貶《おとし》めた。警察は父が有罪だと決めてかかっていた。母は平静を失っていた。それで疑いを持ちはじめたかもしれない。それならわかる。母はもう誰を信じたらいいかわからなくなっていた」頰に涙が垂れおち、ダーグルは恥ずかしそうに袖で拭った。

「じゃあ、あなたの友だちはどうだった？」誰も口を開こうとしないのでフルダは訊いた。「カトラが亡くなって、アレクサンドラ、ベネディフト、クラーラにはどんな影響があった？」

ダーグルが答える前にリーズルが介入した。「もうこのへんでいいだろう、フルダ。ちょっと外に出てふたりで話せないか」これは命令だ。

リーズルが立ちあがり、フルダはしかたなくダーグルをひとりにして部屋を出た。

「フルダ、こんなやり方は認められない」有無を言わさぬ口調だが敵意は感じられなかった。

「どういう意味？」

「われわれが捜査しているのは週末に島で若い女が死んだ事件だ。十年前に解決済みの事件じゃない。きみが当時のわたしの捜査に疑いを投げかけているのを黙って聞いているわけにはいかない。あんな質問ばかりしてどういうつもりなんだ」

フルダは猛烈に反論したくなったが、言っても無駄だろう。リーズルの言い分にも一理ある。リーズルを敵とみなす理由はない。フルダの質問を自分に対する当てこすりととっているだけだ。

「わかった。ひとまず終わりにしましょう」そしてよく考えもせずに付け加えた。「でも、ダーグルはまだ帰さない」たぶん最後にひとこと言いたかっただけだろう。

リーズルは黙っている。

「二十四時間拘束できるんだから、それを利用しない手はない」フルダは言った。

「本当にそんなことをしてもいいと思っているのか」リーズルの声は依然として冷静だった。

「もう一度ベネディクトとアレクサンドラに話を聞きたいのよ、ダーグルが接触する前に。それに拘束することでプレッシャーも与えられるでしょう。なんと言っても彼はふたつの事件をつないでいる中心人物なんだから。何を知っているのか突きとめる必要がある。絶対何か隠している気がするの」

リーズルは肩をすくめた。「もういい、好きにやってくれ」

そう言い捨てると立ち去った。

取調室に戻ると、ダーグルが不安そうな目をしていた。

「待たせたわね」親しげに声をかける。容疑者にふさわしい人物を拘束しているとい常なら自信がまったくなかった。ダーグルは楽な人生を送ってきたわけではない。通常ならこの時点で家に帰して、捜査を先に進めていただろう。だがフルダはリーズルにさっき説明したプランで捜査を続けるつもりだ。もういまさらあとには引けない。たぶん二十四時間も要らない。数時間ですむはずだ。ただし、アレクサンドラやベネディフトの話から、勾留期限を延長するに足る新事実が浮かびあがってくれば話は別だ。

フルダはダーグルにできるだけ穏やかに、クラーラの不審死に関与した疑いで身柄を拘束することを説明し、弁護士を付けるよう強く勧めた。

「ぼくは何もしていない！」ダーグルは必死で訴えた。

「早く解決できたら、あなたをここに長く引き留めておかずにすむ」そう言っているあいだも、逮捕した男は無実だと心の声が叫んでいた。もしかするとダーグルの父親の場合も同じことが言えたのかもしれない。

37

アレクサンドラはフルダの要請ですでに出頭していた。アレクサンドラとは取調室で一対一で向きあった。リーズルは半ば脅すようにまた戻ってくると言って家に帰った。戻ってくるかどうか怪しいものだ。警察署にこもっているには天気が良すぎる。

「来てくれてありがとう」フルダは温かく迎えた。

アレクサンドラはうなずいただけで、椅子の上でそわそわしている。不安でいっぱいなのだろう。

「週末に何があったのか、もう一度話を聞かせてもらいたいの」

再びうなずく。

「なぜ四人であの島に行ったの」フルダは強い口調で訊いた。

「わたしたちは……ただ久しぶりに会いたかっただけです……同窓会っていうか」アレクサンドラは言葉に詰まりながら答えた。

「じゃあ、あなたたちの友人カトラとはなんの関係もなかったのね」

「えっ？　ああ、いえ……彼女が亡くなって十年になるんです」

「それが再会の理由だったの？」

「はい……そう思います」

「そう思うとは？」

「それが集まるきっかけにはなりました。わたしたち……もうずいぶん長いあいだ会っていなかったから……いい思いつきだった……カトラのことは抜きにしても」

「なぜ最初にカトラのことを話さなかったの？」

沈黙が下りる。

「アレクサンドラ、なぜなの？」

「なぜって……」

フルダは根気よく待った。

「あのふたりがそのことは持ち出したくないみたいだったから」

「どうして？」

「わかりません。ただ……島にいたときにそう感じただけで。ふたりともあなたにカトラのことを言わなかったし」まだ緊張はしているようだったが舌がまわりだす。

「だって……わかるでしょう？　カトラはダーグルのお姉さんだった。彼にとってはあれは本当に大変なことだった……しかもお父さんが――」

「それは知ってる」その先は省かせた。「みんなのあいだで彼の父親は無実だったという話は出たことある？」

「いいえ、ありません。そのことについてはあまり話さなかった。難しい問題だったから。でもダーグルがお父さんの無実を信じていたことは知っていたし、その理由も理解できた。自分の父親ですから。それにお父さんのヴェトゥルリジはいい人でした。あの家族のことはよく覚えています。ヴェトゥルリジもお母さんのヴェラもすてきな人だった。ヴェトゥルリジには飲酒癖があったそうですけど……それでもあの人が誰かを殺すなんて、ましてや自分の娘を手にかけるなんて想像もつかなかった」

「ダーグルの両親の仲は良かったのかしら。子供たちとの関係はどうだった？」

「良かったです。誰もが憧れるような家族で、いつ見ても幸せそうだった……だから何から何まで信じられなかった」

「そしてまた殺人事件が起きた」フルダはアレクサンドラを見すえて言った。

アレクサンドラの目が泳ぐ。

「あなたの友だちがまた殺されたのよ……カトラのことを話すべきだとは思わなかった？」

「もちろん、もちろん思いました……わたしが何かを隠そうとしていただなんて思わないでください」声が震えている。「ただ信じられなかったんです。クラーラが……

突き落とされただなんて」

「残念だけど、それは受けいれなくちゃならないでしょうね。わからないのは、誰がやったかよ」

38

アレクサンドラにもっと圧力をかけることもできたが、少しかわいそうになった。いまはまだ手加減が必要だろう。フルダは今後の成り行きを見て、必要ならギアを上げることにした。

リーズルもいないのでベネディフトは出頭させずに、帰る途中で家に立ち寄ることにした。新しい情報が得られるとは思わないが、まだ安心させるわけにはいかない。だがベネディフトは留守だった。もう午後の九時をまわっている。今日はこのまま帰って朝駆けをすることにした。アレクサンドラがベネディフトに事情聴取で何を訊かれたか伝えるおそれはあるが、そうはならないような気がした。あのふたりはそれほど親密ではないように感じる。

家に帰ると急に疲れが襲ってきた。夕食を食べるのを忘れていた。冷蔵庫を見てもめぼしい物は入っていない。ピザの配達でも頼もうかと考えたが、やったこともないことをこんな夜更けにするのは面倒だった。結局、消費期限を二日過ぎたヨーグルトでがまんした。

わずかな食事を終えると何もすることがなくなり、ふと思いついて番号案内に電話をかけ、十年前にカトラの死体を発見したイーサフィヨルズル署のアンドリェス・アンドレソンの番号を問い合わせた。一度も面識がなく、まだ生きているのかどうかもわからないが、ヴェトゥルリジの事件で彼が果たした役割に好奇心をかき立てられた。この機会に少し過去を掘りかえしてみるのもいいだろう。ふたつの事件に関連性があるのかどうか、この警官が手がかりを与えてくれるかもしれなかった。

延々と呼び出し音を聞いていると、ようやく電話がつながった。

「はい」と男の声がして咳払いが聞こえた。「はい、もしもし?」低いしわがれた声。

「アンドリェス・アンドレソンさんですか」

「そうだが」ぶっきらぼうな声。

「フルダ・ヘルマンスドッティルと言います。レイキャヴィークの犯罪捜査部の者です」夜分に電話をかけたことはわびなかった。

「犯罪捜査部? 何かあったのかね」

「いえ、そうではありません。以前にそちらで起きた事件について少しお話をうかがえないかとお電話しました。確認させていただきますが、あなたはイーサフィヨルズル署の署長ですよね」

「以前はそうだった。もう退職したがね」

「そうでしたか。それでもこれは覚えておられると思います。十年前、若い女性がそちらの管内の別荘で死体で発見された事件です」

急に静かになり、一瞬切られたのかと思った。

「もしもし聞こえますか」

「ああ、聞いてる」

「この事件のことは覚えておられますか」

「ああ、覚えている」アンドリュスは大儀そうに言った。

「あなたにお訊きしたい——」

アンドリュスが遮る。「なぜだ」さらに語気を強めて言った。「いったいなんでそんなことを蒸しかえす？」

「先週末に起きた事件と接点があるんです」

「事件？」

「若い女性がエトリザエイの崖から転落死しました」

「どんな……いやその接点ってなんだ」

「亡くなった女性はカトラの友人でした。カトラというのは——」

「ああ、知ってる。忘れるもんか」

「そうですね、失礼しました」慇懃に返す。「ふたりは親友だったんです。島にはほかに三人の友人が同行していて、三人全員がカトラとなんらかのつながりがありました」

「本当なのか」声が震えている。

「はい、そしてそのひとりを逮捕しました。名前はダーグル・ヴェトゥルリザソン」

「ヴェトゥルリザソン？　てことは――」

「ええ、ヴェトゥルリジの息子です」

「だからって、ふたつの事件がどう関係するんだ。だって……」声が途中で消える。

「もちろん同一犯の可能性はないでしょう」

アンドリエスは黙っている。

「ご存じでしょうが、ヴェトゥルリジは娘を殺害したあと自死しましたから」

「もういい、そんなこと言われなくてもわかってる。ああ、とにかく、わたしはその話はしたくない。自分で古いファイルを読んでくれ」

そう言うとアンドリエスは電話を切った。

その無礼さにフルダはしばし呆然《ぼうぜん》とした。どういうことだろう。この場でかけ直すことも考えたが、それは賢明とは思えなかった。少し相手が冷静になるのを待ってかけ直すことにした。

夜更けの電話に機嫌を損ねただけかもしれない。

見当違いの人間を拘束しているのではないかという強い不安がまたしても湧いてきた。ダーグルの心境を思い、間違いを犯してしまったのではないかと自問する。駆り立てられるようにダーグルを逮捕留置した。あれはどう考えてもリーズルに見せつけるためだった……馬鹿なことをした。

いまからでも釈放するのになにひとつ支障はないが、ここで弱腰になるわけにはいかない。これでいい。それにまだベネディフトから話を聞く必要がある。

寝る前にフルダはロバートから届いた封筒を取り出した。居間のタンスの引き出しに大切にしまってあったものだ。アメリカに行ってから二カ月が経つ。父親がすでにこの世にいないことを知ると、フルダは父親と同じ名前をもつ彼に小さな頼み事をした。写真を一枚手に入れてもらえないだろうかと。古くても新しくてもかまわない。あなたが知っていた父を偲ばせるものであればと。ロバートは自分は持っていないと思うが、なんとか手に入れると約束した。一カ月後、アメリカから一通の手紙が届いた。なんの変哲もない封筒から出てきたのはフルダにとってかけがえのないものだった。写真は現物ではなく古い写真のコピーで、制服姿の男性がひとり写っていた。父だ。三十歳になるかならないかの青年で、すこぶる付きのハンサムだった。ウェーブのかかった豊かな褐色の髪。口元よりも笑って見える目は、娘の視線をかわすように少し斜めに向いている。写真が届いて以来、毎晩引き出しから出して見ている。涙で目を曇らせながら、もし生まれたときから父親を知っていたら自分の人生はどうなっていただろうと考える。アメリカで暮らし、ヨンに出会うこともなく、ディンマを産むこともなく、その後の運命を定めた悲しみも後悔も経験せずにすんでいただろうか……。


電話の音で目が覚めた。

眠りが浅かったので、すぐにベッドから飛びでると電話に駆けよった。

「フルダ、今すぐ来てくれ」リーズルからだった。

動揺しながら、なぜかすぐに頭に浮かんだ。ダーグルに何かあったのだ。

「どうしたの」

「ダーグルだ。完全にいかれちまった。医者を呼んだくらいだ。監禁されておかしくなったんだろう。やっと少し落ち着かせることができたが、きみに話があると言ってきかない。わたしじゃ駄目だそうだ。きみでないと。わたしがあいつの父親を逮捕したことを恨んでいる」

「わかった。すぐに行く」フルダは電話を切ると、大急ぎで着替えた。

39

「あなたとふたりきりで話したい。その男は同席させないでくれ」挑戦的な物言いだ。

容疑者に指図はさせない。「ダーグル、リーズルは同席する。何を言っても無駄よ。わたしに話があるそうだけどなんなの」

三人は取調室にいた。

ダーグルは頑《かたく》なに口を閉ざしていたが、しばらくすると一気に吐き出すようにしゃべりはじめた。「こんな……こんなふうに閉じこめられるなんて耐えられない。ずっと……父さんのことばかり考えてる。ぼくの目の前で逮捕されたときのことを。父さんもきっとこんなふうに閉じこめられて耐えられなくなったんだ。それでベルトをどこかから手に入れて、首を吊《つ》った。あんなところに閉じこめられていたら息ができない……窒息してしまう」

「ダーグル、気の毒だとは思う。確かに居心地は悪い。だけど、何か新しい情報を伝えたかったんじゃないの」

また黙りこみ、しばらくすると「ええ」と言った。

フルダは待った。

「このことは黙っているつもりだった……だけど、あそこから出たくて。もう我慢できない」いまにも錯乱しそうだ。

フルダもリーズルも黙っている。

「ベニのことです」結局ダーグルが沈黙を破った。「彼を苦境に立たせたくない。ぼくたちは……友だちだったから。でも……」ためらう。「ベニがあなたに言ったかどうかは知らない。だがクラーラが死んだ夜、ベニは彼女と一緒に起きていた。クラーラがまだ寝たくないと言い出して、じゃあもうしばらく一緒にいようと言った。そのあとどうしたかは知らない。ベニがどのくらい彼女と一緒にいたのかも……」

「興味深い話ね。初耳よ」

「もちろん、だからと言って彼が……」

「そうね」フルダは同意した。

「ほかにもある。あなたに言いたかったのはもっと大事なことだ。あなたがベニの家に来たときぼくもいたでしょう。実は口論の真っ最中だった。原因は――」

「なんだったんだ？」リーズルが促す。

「ぼくはこの人に話している。あんたじゃない」ダーグルはきっぱりと言い返すと、あからさまにフルダに向きなおった。「島でベニは姉カトラのことを話しはじめた。カトラが好んで人に語っていた昔話をみんなに話して聞かせた。うちの先祖に焚刑に処せられた男がいて、その幽霊が出るって話です。ぼくはなんどか姉から聞かされていた。でも姉がその話をするのは決まって西部フィヨルドの別荘にいるときだった。姉には少し芝居がかったところがあった。その話も作り話だったに違いない。確かに焚刑になった先祖はいたらしいけど、別荘に幽霊なんか出なかった。でもカトラは別荘に来た友だちにその話をするのが好きだった。相手を怖がらせたくて尾ひれを付けたんです。ベニはその幽霊話を姉から聞いたと言った。でもぼくが知る限り、ベニはあの別荘に行ったことはなかった。それであの夜、会いにいったんです。いつ姉からその話を聞いたのか説明を求めるために。そしたら、あいつははぐらかすばかりで全然まともに答えなかった。それでぼくは気づいた……」

少し間を置くとダーグルは先を続けた。「姉が死んだとき、ベニもあの別荘にいたんじゃないかって。ぼくはその疑問をベニに突きつけた。それで口論になった。ベニは認めなかったが、否定もしなかった。ぼくに面と向かって嘘はつけなかったんでしょう。それから、あんた……」ダーグルは中断するとリーズルをにらみつけた。「ぼくが最初から言っていたように、あんたは逮捕する相手を間違った。ベニがカトラと一緒にいたのなら、父はあそこにいたはずがない。ということは……認めたくはないが、カトラを殺したのはベニだったかもしれないってことだ」ダーグルは両手に顔を埋《うず》めた。激しい息づかいだけが聞こえた。再び顔を上げると、ダーグルは涙をこらえきれなかった。

40

警察官がベネディフトの自宅に向かった。連行し事情聴取したあとダーグルを釈放するかどうかを決める。それまでダーグルは温情的措置により独房の外で拘束することになった。いまは会議室にいて若い警官が監視している。

リーズルは息を吹き返したように、帰るそぶりを見せなくなった。フルダとリーズルはさっきまでダーグルを尋問していた部屋でベネディフトを前にしている。同じ部屋に、違う容疑者。こっちが真犯人かもしれない。しかも二件の殺人で有罪の可能性が出てきた。

「ぼくから何を聞きたいんですか」ベネディフトがこう訊くのは三度目だ。フルダは切り出すタイミングを図っていたが、ついに書類から目を上げ、ベネディフトに状況を説明し、彼の権利を読みあげた。ダーグル同様、ベネディフトも弁護士の同席を断り、自分は無実であると言った。これは〝何かのばかげた誤解〟だとも。

「ところで、今晩どこにいたの」フルダは訊いた。「あなたの家に立ち寄ったけど留守だった」

「ビールを飲みに出ていました。べつに法律には触れないでしょう」

「ベネディフト、あなたは土曜の夜、ダーグルたちが屋根裏に上がったあと、クラーラと下に残ったそうね」

フルダはベネディフトの反応を注意深く見守った。

だが不意を突かれた様子はなかった。「ええ、短い時間でしたけど。もう一杯付き合って飲んだだけです。彼女ひとり置いていくのはどうかと思ったので」

「あなたはそのことをわたしに黙っていた」

「たいしたことじゃないと思ったので」

「生きている彼女を最後に見たのはあなただった」

「まさかぼくが彼女を殺したと思っているんですか？　ぼくはやってない！」声を張りあげる。

「ふたりで何を話していたの」

「そんなこと覚えていませんよ。たわいない話です。ふたりとも少し酔っていたから。ぼくは一杯飲んだら引き上げました。ふたりでいたのは十五分か長くても三十分、そのくらいだったと思います。ぼくが下に残ったのはダーグルとアレクサンドラにチャンスをやりたかったからです……気を利かせたんですよ」

「あのふたりに何かあるの？」

「いえ、でも十代の頃は気が合っていた。アレクサンドラのほうがダーグルに夢中だった。本気で好きだったんじゃないかな。でも何もなかったと思います。彼女はもう結婚していますしね。それにダーグルは昔からお行儀がよくて、奥手だから」

「あなたが屋根裏に上がったときには、ふたりはもう寝ていた？」

「ええ、別々のベッドで。静かなもんでした」

「クラーラは？　あなたは結局彼女をひとりにしたの？」

「はい。彼女は散歩に出たんです。頭をすっきりさせたいとか、せっかくだから景色を見てくるとか言って。ぼくは止められなかった」

「それでどうしたの」

「それでどうしたか？　寝ました。くたくたに疲れていましたから。何度も言ったように、そのあと何があったかぼくは知りません」

フルダは水をひとくち飲むと、書類に目を通すふりをしながら尋問のギアを上げた。

「あなたにカトラについて聞きたいことがあるの」

ベネディフトは明らかに動揺した。

「カトラ？」ベネディフトは一拍置いてもう一度訊いた。「カトラですか」

「ええ。覚えているでしょう」

「もちろん覚えています。ただ、なぜ彼女の話が出るのかわからない。もう十年ですよ。彼女が……亡くなってから」つらい話のようだ。

「わたしが驚いたのはね、あなたたちが誰も彼女のことを口にしなかったことなの」フルダは淡々と続けた。「あなたたち四人全員が十年前の事件の関係者だと聞いていたら、捜査はもっと速く進んでいた」

「ぼくらは彼女が殺害されたこととは関係ありませんよ。いったいどうしてそんなことを？」

「わたしは、あなたたちは友だちだと思っていた。あなた、ダーグル、アレクサンドラ、クラーラ、そしてカトラも」

「ええ、そうですよ。でもそれがなんの関係があるんですか」

「あなたとカトラは少し違ったんじゃないの」

ベネディフトは慌てて目をそらした。視線を戻したときには図星だったことが顔に表れていた。

だがベネディフトは答えなかった。

「あなたとカトラは付き合っていたの？」

「さあ」あいまいな答え方だ。「あなたが何を根拠にそんなことを言いだすのか、どうしてぼくがそんなことに答えなくちゃならないのかわからない。個人的なことだ」

「あなたも一緒に別荘にいたんじゃないの？　カトラが死んだときに」

ベネディフトは机に目を落とすと、突然両手に顔を埋めた。そのまま長い沈黙が続いた。フルダは急がなかった。

ベネディフトはついに両手を下ろすと、顔を上げてうなずいた。

41

取り調べの重圧で神経がまいったダーグルに、フルダはいくぶん同情を覚えた。だが、いま同じ立場にいるベネディフトの苦悩する姿は平然と見ている。ダーグルの人柄のほうが好感がもてるからなのか、あるいはいくつもの悲劇を耐え忍んできたダーグルを哀れに思っているからかもしれない。姉を殺され、続いて父親を痛ましい状況で失った。そして母親も失ったようなものだ。天涯孤独。フルダと同じだった。

「さっき……あなたが言っていた弁護士を頼みたい」ベネディフトが震える声で言った。

「わかった」フルダは立ちあがった。

「でも誤解しないでくれ。ぼくは彼女を殺していない」

リーズルを見やったが、表情ひとつ変えず超然と座っている。

「いますぐ弁護士を連れて来ましょうか。それともこのまま話を続ける？」

「弁護士とはあとで話します。とにかくあなたたちに思ってほしくない……ぼくが彼女を殺しただなんて」

「彼女って？」

「カトラです、もちろん」

「じゃあクラーラは？」

「クラーラ？　冗談じゃない！」声を荒らげる。「誓って言うが、ぼくは誰も殺していない」

「でも、カトラと一緒に別荘にはいたのよね」考える時間を与えず切り返した。

「ええ……それは……」ベネディフトは再び両手で顔を覆った。手を下ろしたときには涙が頬を流れていた。

「だったらなぜそのことを早く言わなかった」リーズルがいきなり介入し、机を叩きつける。「その上、また嘘をつく気か？」

「嘘？　嘘なんかついていない。ぼくは……いや、ぼくとカトラは愛し合っていた。あの週末、初めてふたりきりで旅行に出た。まだ付き合いはじめたばかりで誰も知らなかった。秘密だった……ふたりだけの。だけど……」

声を詰まらせる。話を続けられそうになかったが、深呼吸をすると再び話しはじめた。「次の朝、ぼくはひとりで散歩に出た。カトラが眠そうにしていたから寝かせてやりたくて、ゆっくりできるだけ遠くまで谷を歩いていった。どのくらい別荘を離れていたかわからない。たぶん三時間くらいだと思う。帰り道に風呂に寄ってゆっくりしていたから。温泉が湧き出ているところがあって……」

フルダはうなずいて、先を促した。

「それから……」苦しそうにあえぎ、涙が顔に流れ落ちる。「やっと、やっとこのことを話せる。ずっと自分の胸にしまってきたけれど、ダーグルが島で感づいた……パズルを解いた。だけど……実際は、ぼくが別荘に戻ったときには、彼女はもう床に倒れていた。死んで……」声がうわずる。「死んでいた」

「カトラと喧嘩でもした？」

フルダの質問にベネディフトは驚いていた。

「喧嘩？　まさか、違います。ぼくは彼女に何もしていない。ぼくは指一本触れていない、絶対に。信じてください」

「だったらなぜ十年前に出頭してこなかった」リーズルが険しい顔で割りこむ。「いまさら何を言ったって真実かどうか、どうやってわれわれにわかる」

「真実に決まってるじゃないか。どうして嘘をつく必要がある」

今度はフルダがリーズルに先んじた。「ほかに誰かいたの？」

「いいえ。ぼくたちだけでした。でも誰かいたに違いない。秋だから夜は暗かったし、道路から奥まったところだったから、車が来ても見えなかったはずだ。それにぼくはかなり遠くまで散歩に行ってしまったから、誰かが出入りしてもわからなかった。でも誰かいたはずだ——誰かが別荘に来て、カトラを殺したんです。それからというもの来る日も来る日も……考えない日はなかった。そのうちにヴェトゥルリジがやったに違いないと思うようになった。警察は逮捕に自信をもっていた。ぼくはそれを信じなきゃならなかった。わかるでしょう？　ぼくはそう信じないと……」

ベネディフトは泣き崩れ、嗚咽しながら話を続けた。「もしヴェトゥルリジがやったんでなければ、彼が自殺したのはぼくのせい……ぼくが黙っていたせいだ。自分が疑われるのが怖くて名乗り出られなかった。どうしても勇気が出なかった……まだガキだったんです。ぼくはヴェトゥルリジはいずれ釈放されると思っていた。彼がカトラと一緒にいなかったことはぼくが一番よく知っていたし、不意に現れたんじゃない限り、警察は勘違いをしていることを知っていた。でも日が経つにつれ、名乗り出られなくなった。その勇気がなかった。いまでもヴェトゥルリジが亡くなったことには責任を感じている——夜になると夢のなかに彼が現れる。ダーグルも。そして昨日ぼくはダーグルの憎しみにあふれた目を見た。ぼくが嘘をついていたことを知っている目だった。そう、ぼくがダーグルのお父さんを自殺に追いこんだ。それだけじゃない。お父さんが自殺したせいで、お母さんは生きる意欲を失った……ダーグルはふた親とも失ってしまった。全部ぼくのせいだ」

ベネディフトはここまで話すと口を閉ざし、先を促しても、もう何も言おうとしなかった。

最後にフルダはベネディフトに身柄を拘束すること、弁護士を手配することを告げた。こんな新事実が明らかになっては釈放するわけにはいかない。それにリーズルが言ったことはあながち的外れでもない。ベネディフトは一度嘘をついている。だったら、また嘘をついている可能性はある。

ひょっとするとクラーラを殺害した真犯人を捕らえたかもしれない。

クラーラだけでなく、カトラも殺《や》っているかもしれない。もしそうなら……意地の悪い考えがふと浮かんだ。リーズルのかつての大手柄は一気に不名誉な失態に変わる。

42

状況が変わったいま、ダーグルは釈放し、代わってベネディフトに的を絞って捜査を進めるのが妥当だろう。ベネディフトがカトラとの経緯について真実を話しているのかどうかすべて裏を取る必要がある。

ヴェトゥルリジは濡れ衣を着せられ、それが自殺につながったと考えるととても平気ではいられなかった。リーズルもベネディフトの告白に相当まいっている様子で、取り調べが終わってからずっといらだっている。

今後の進め方として、アレクサンドラを朝一番に呼んで尋問することになった。家に寝に帰る時間が惜しかったのでフルダは自分の部屋のソファーで仮眠をとることにした。初めてのことではないが、手足を伸ばすには長さが足りず寝心地は悪い。

それでも電話の音で目が覚めるまで二、三時間の睡眠をとることはできた。警察署の交換台のオペレーターからだった。「フルダ、あなたと話したいという男性からです。名前はアンドリェス・アンドレソン。つなぎますか」

「アンドリェス？　ああ、ええ、つないで」眠い目をこすって伸びをした。「もしもし、フルダ・ヘルマンスドッティルです」

「やあ、どうも、フルダ」今日はずいぶん穏やかな物腰だ。「朝っぱらから申し訳ない。それから……昨日は失礼な態度をとってすまなかった。なんせあの事件のことを誰かと話すのはずいぶん久しぶりだったから」

「いいえ、いいんです」フルダは相手が電話をかけてきた理由の説明を待った。

「ちょっと会えないだろうか」

「会う？　どうしてですか」

「いや、その、あんたの耳に入れておきたいことがある。できれば会って直接話したい」緊張している声だ。

「こちらに来られるんですか」

「いや、それなんだが、こっちに来てもらえないかと思ってね。わたしは……ひと晩中まんじりともできなかった。きっと洗いざらい話すときが来たんだろう。誰かに話さなきゃならない。なんとかしてこっちに来てもらえんだろうか」

「それはちょっと難しいと思います」フルダはそう言ったものの電話を切る前に一度考えてみると約束した。

こんなときに何もかも投げ出して、はるばる西部フィヨルドまで行く気には到底なれないが、アンドリェスは何か重要な情報を握っているようだった。言葉の選び方といい、声の調子といい、そして電話ではなく来てほしいと言っている……。しかたない。フルダは迷ったあげく電話番号を探しだして、アンドリェスに電話をかけた。

「もしもし、フルダです。そちらに行けるかもしれません。次の飛行機は何時ですか」

「九時だ。まだ間に合う」

フルダはため息をついた。「わかりました。やってみます」

フルダは飛行機で国内を移動するのに慣れていない。山に行くときはいつも自分でシュコダを運転していくか、バスを使う。飛行機でイーサフィヨルズルに向かうのは何年ぶりだろう。そのときは猛吹雪で生きた心地がしなかったが、今日は好天に恵まれ、フライトは順調だ。西部フィヨルドの壮大な眺めが見えてきた。複雑に入り組んだフィヨルドの海岸線からほぼ垂直に平らな山々が立ちあがっている。北のホルンストランディル半島に目をやるとまだ雪で白かった。真下にはナイフで削ったような岩肌が続き、その裾の緑の谷が行きつく先に青いフィヨルドが見える。その湾の中ほどの狭い陸地にしがみつくようにイーサフィヨルドの町がある。飛行機が降下しはじめ、考えられない方角に向かって着陸態勢に入る。フルダは息を止め、ひじ掛けを握りしめた。まっすぐ山腹に向かっているようにしか思えない。目の前に見えるのは深い溝が刻まれた岩壁と、その下に続くガレと緑の草地だけだ。ハラハラしながらフルダはありもしないブレーキを踏みつづけた。すると、あわやと思った瞬間に機体はターンし、フィヨルドにリボンのように掛けられた道路が現れ、その先の山と海のはざまに滑走路が見えた。その滑走路が短すぎるように思え、フルダは目をつむり、全身に力を入れて身構えたが、飛行機はほどなく衝撃もなく着陸し、壮大な眺めのなかで一層小さく見えるターミナルに向かった。

アンドリエスは背の低い太った男でメガネをかけていた。頭はわずかに白髪を残してほとんど禿《は》げあがっている。町には向かわずにカトラが発見された別荘に車で案内すると言われ、フルダはその提案を受けいれた。イーサフィヨルズルからの距離に気づいたときには手遅れだった。フルダは車に乗るなり用件を聞こうとしたが、アンドリエスは別荘に着いてから説明すると言って口を閉ざした。

これが仕事でなければ、どんなに揺れのひどい道であってもこのドライブを楽しんだだろう。車はイーサフィヤルザルデュープ南岸の人家もまばらなフィヨルドに沿って蛇行する道を進んだ。背景には自然のままの山々と海抜の低い緑の島アイズエイとヴィーグルが絵のように美しい眺めを織りなしている。最近聞いたニュースによると、デュープの北岸に最後に残っていた農場も放棄され、ホルンストランディルからスナイフィヤトラストロントに至る西部フィヨルド北部の半島はすべて無人になった。フルダがいつかハイキングに行きたいと思っている地域だ。次の夏に行く計画でも立てて気を紛らわせようとしたが、いま考えられるのはアンドリェスの話を聞いて、できるだけ早くレイキャヴィークに戻って捜査を再開することだけだった。

時間が経つにつれ太陽が灰色の雲に隠れ、目に映る風景も次第に荒涼としてきた。出発して一時間が経つとフルダはいらだちを抑えきれず、アンドリェスにあとどのくらいかかるのかと尋ねた。すると、まだ半時間以上かかると返ってきた。とにかく世間話ひとつする気はないらしく、オペラのカセットテープをずっとかけている。フルダが曲名を訊くと「プッチーニのトゥーランドット」と素っ気ない返事がかえってきた。

リーズルにアンドリェスに会いに西部フィヨルドまで行ってくると言うと、リーズルはとても驚いていた。アンドリェスは何を話したがっているのかと強く迫られ、よくわからないと事実を言った。するとリーズルは時間の無駄だ、いまはクラーラ殺害の捜査に全力を注ぐべきだろうと言ってフルダを引き留めにかかった。だがフルダがリーズルに逆らうのはこれが初めてではない。すでにチケットを予約したこと、アンドリェスとの約束を破るわけにはいかないことを伝えて押し切った。リーズルは最後にはあきらめた。そして大仰に〝きみのいないあいだの仕事は引き受けよう〟と言って、アレクサンドラの事情聴取だけでなく、ベネディフトをもう一度尋問する可能性までにおわせた。こんなところにいるあいだにリーズルが何をするか気が気でなかった。どっちが最悪だろう。リーズルがフルダの捜査を台無しにすることか、それともフルダのいないあいだに事件を解決してしまうことか。

ついに目的の谷に到着し、別荘に向かう荒れた道を進んでいると、ベネディフトはこの場所をかなり正確に描写していたことがわかった。確かに駐車場から別荘は見えなかった。これでは誰かが車で来ても気づかないだろう。

「いいところですね」フルダは車を降りると言った。

「ああ、いいところだった」アンドリェスは重い口を開いた。「いまここに来ても、わたしに見えるのはあの殺された娘だけだ。昨日のことのように覚えている」

「この別荘はいまでも誰か使ってるんですか」

「使ってないだろう。わたしが知る限り、まだあの家族のものだが、事件のあと誰かが来たって話は聞かない。それでも使っている可能性はある。これだけ人里離れていると地元の人間にもわからんだろうからな」

「カトラの友人がこの近くに天然の温泉があると言っていましたけど、本当ですか」

「あるが、少し歩かなくちゃならん。ここからは見えない」

「誰かが車でここに来たら、その温泉からは見えるでしょうか」

アンドリェスは首を振った。「いや、それは無理だ。なぜそんなことを訊く？」

「このあたりの地理をつかんでおきたいだけです」

三角屋根のコテージの前まで来ると立ち止まった。長年放置されていたのだろう。すっかり荒れ果てている。アンドリェスはこれ以上近づきたくないようだ。

「見たけりゃ……」咳払いをして言いなおす。「見たけりゃ窓から見るといい。わたしはやめておく」

フルダはドアの横の汚れた窓ガラスをこすってなかをのぞき、当時の現場写真を目に浮かべた。幽霊こそ見えないが、現場をこの目で見ると、人がひとり殺された事実がより現実味を帯びてくる。

谷に雨雲が低く垂れこめていた。薄い夏服越しに冷たい風を感じ、ここは北極海の海氷がたびたび漂流してくるような北の果てだということを思い出して、フルダはぶるっと身を震わせた。

「あんたに話さなくちゃならんことがある」アンドリェスはつぶやくように切りだした。「話すならこの場所がいいと思った。死んだ人たちに敬意を払うためにも」

「死んだ人たち？」

「カトラと彼女の父親だ。彼に起きたことはわたしにも責任がある」

「どうしてですか」フルダは驚いて尋ねた。

「長い話だ。いや、さほど長くはないか。とにかく誰かに話す日が来るとは思っていなかった。墓場まで持っていくつもりだったんだが、あんたから、捜査中の事件がカトラの件と関連しているかもしれないと聞いて、もう話すしかないと思った。誤りを正さなくちゃならないとね。たとえそれでどうなったとしても、今夜は十年ぶりによく眠れると思う」

「何があったか話してください」

肌寒い風が吹き、頭上には不気味な雲が広がっていた。

「すべてはリーズルのせいだ。彼のことは知ってるだろう?」

「はい」

「わたしは彼に嘘をつかされた」

「嘘をつかされた?」フルダは自分の耳が信じられなかった。リーズルが昔から冷酷な野心家であることは知っているが、もしこれが事実なら、警察官が決して越えてはならない一線を越えたことになる。

「そうだ。最初こそ丁寧な頼み方だったが、そのあとは脅しだった。わたしは屈するつもりはなかった――そんなことは間違っているとわかっていた。彼はわたしに法廷でこう証言してくれと言った――死体を発見したとき、カトラは父親のロパペイサを握っていたと。セーターが床の上に落ちていたのは本当だが、わたしが発見したとき、彼女はセーターには触れてもいなかった。リーズルは若くて野心的な刑事だったから、何がなんでも有罪判決を勝ちとる決意を固めていたんだろう。彼はヴェトゥルリジの有罪をまったく疑っていなかった。そしてわたしは彼を信じた。彼の言葉を信じた。リーズルは自殺ほど有罪を裏付ける証拠はない、わたしの証言なんかあってもなくてもたいした違いはなかったとわたしに信じこませた。だがもちろん違いはあった。それどころか、わたしの証言が決め手になった。わたしは偽証したあと証言を訂正するつもりでリーズルに連絡をとった。レイキャヴィークに引き返して真実を話す準備はできていた。だが間に合わなかった。わたしが行く前にヴェトゥルリジは自殺した。以来、わたしは口を閉じた。昨日あんたから電話をもらって、すべてをまた思い起こしたよ。そしたら黙っていられなくなった」

「驚きました。どうして嘘なんかついたんですか。わたしには信じられません。どうしてリーズルの言いなりになったんです？」

「身勝手な理由からだ。理解してもらえるとは思わんが、聞けばわたしの身になって考えることくらいはできるかもしれん……」しばらくして思い切ったように話しはじめた。「当時わたしは高利貸しから大金を借りていて、にっちもさっちも行かなくなっていた。その高利貸しが逮捕された。そして西部フィヨルドの警官に大金を貸していることをぺらぺらしゃべりだした。どういうわけかリーズルがそれを聞きつけ、世間に公表するると言ってわたしを脅してきた。わたしは真っ先に家族のことを考えた。女房や子供に迷惑がかかると。それはわかってくれるだろう？」

アンドリェスは目を閉じた。目を開けるとフルダの視線を避けるように空を見あげた。

「わたしはあのかわいそうな娘を裏切った。娘の父親も裏切った。すべての人を裏切った」

「あなたがなぜそんなことをしたのか、いくらかは理解できます。わたしにもかつて家族がいましたから、あなたの気持ちはわからなくはありません」

「それで終わりじゃないんだ」アンドリェスは先を続けた。「リーズルはその高利貸しの捜査資料からわたしの名前を削除してやるし、わたしの借金も帳消しにさせてやると言った。彼がどうやったのかは知らないが、そのあと本当に高利貸しから一度も督促が来なくなった。許されないことをした……」

「アンドリェス、供述調書に署名してもらえますか。あなたの話が真実なら、あなたひとりで責任を負うことはない」

「ああ、喜んで署名する。なんならこれから車であんたをレイキャヴィークまで送っていこう。時間はかかるがイーサフィヨルズルまで戻って次の飛行機を待つよりは早いはずだ。あんたと一緒に行って供述させてもらう。もう限界だったんだ」

「でも……」フルダはためらったが訊かなければならないと思った。「あなたのご家族はそれでいいんですか」

アンドリェスはフルダと目を合わせた。暗く沈んだ目だ。「女房は数年前に出ていった。こんな男と添い遂げたところでつまらんからな。あの事件が……すべてを変えてしまった」

「お子さんは？」

「子供たちはもうおとなだ。わかってくれると思う。それよりもわたしを慕ってくれる孫がかわいそうだが、良心に恥じないように生きていくためだ」

目の前にいるアンドリェスが急に二十歳は老けたように思えた。ふと自分の将来を考えた。二十年後、二十五年後のことを。まだひとりでいるだろうか。罪悪感と後悔にさいなまれているだろうか。自分もいずれアンドリェスのようになるのだろうか。いつか誰かに自分の罪を告白するときが来るのだろうか。

43

フルダとアンドリェスは夕方にはレイキャヴィークに着いた。別荘で告白したあとアンドリェスは再び沈黙に陥ったので、車に乗っている時間がさらに長く感じられた。署に戻ると、フルダはリーズルに会わないようにするために犯罪捜査部の自室に行くのは避け、リーズルの上司に電話をかけてアンドリェスの供述録取に立ち会うよう求めた。アンドリェスは包み隠さずもう一度一部始終を話した。

フルダはこの件についてリーズルとはいっさい話さないことを上司と約束した。本人には〝正式な手続き〟を踏んで伝えられる。だが約束を守るつもりはなかった。

犯罪捜査部に戻るとすぐにリーズルの部屋のドアをノックした。この件は慎重な扱いを要する。多くを語りすぎてはならない。だがこの新展開を知ったときのリーズルの顔が見たくてたまらなかった。これは重大な告発であり、即刻停職か免職を迫られることは明らかだ。刑事罰を科せられる可能性もある。長いあいだ狙っていたポストがようやく手に入るかもしれない。フルダは自分の残忍さに良心が痛んだ。だがそれは取るに足らない程度だった。

これでクラーラを殺害した犯人をあげることができたら、フルダの立場はさらに強くなる。

「リーズル、少し時間をもらえる？　話があるの」

不愉快そうに顔を上げた。「簡潔に頼む。きみがイーサフィヨルズルなんかに行ったせいで、こっちは一日中てんてこ舞いだった。アレクサンドラに聴取したが収穫はなかった。いま留置場にいる男で間違いないんじゃないか。いまのところベネディフトは生きているクラーラを最後に見た人物だ。十年前の事件でも嘘をついていた――」

「リーズル」フルダは話を遮るとリーズルと向きあって座った。ドアはすでに閉めてある。「これは絶対口外しちゃいけないことなんだけど、あなたに警告しておこうかと思って……」フルダは意図的に間を置いた。

「警告？　いったいなんの話だ」

「アンドリェスよ。彼、あなたを重大な罪状で告発したから」

リーズルの顔色が変わる。

「重大な……罪状？」リーズルはつかえながら繰りかえすと、立ちあがって部屋のなかを行ったり来たりしはじめた。「どういうことだ？」投げつけるように言った。

いい気味だ。この目に狂いはなかった。この男は信用できないと端《はな》から思っていた。リーズルの実績は出来過ぎだったからだ。フルダは自分に与えられてしかるべきポストを、リーズルが苦もなく次々とものにするのを悔しい思いで見てきた年月を振りかえった。動揺する姿を目の当たりにして満足を覚えなかったとしたら、人間ではないだろう。

「カトラが殺害された事件の捜査に関することよ」

「何？ 捜査、捜査か……」どこかほっとしているように見えるがそんなはずはない。崖っぷちに立っている男の無意識の反応だろう。

「アンドリェスはあなたが——どう言ったらいいかしら——圧力をかけて偽証させたと主張している」

リーズルは肯定も否定もしない。

「有罪判決を勝ちとるためだったと。リーズル、それで合ってる？」

「もちろん違う」すかさず反論したが声は正直だった。それでも虚勢を張った。「あんなやつの言うことを真に受けてどうするんだ。あいつは当時高利貸しに食い物にされてにっちもさっちも行かなくなっていたような男だぞ。で、それだけか？」

「それだけって？」

「やつが言ったことだ」

これでも足りないわけ？ フルダは心のなかでつぶやいた。「ええ、これで全部よ」
フルダは冷たく言い放つと、リーズルの部屋を立ち去った。

44

その日のうちにリーズルは謹慎を言い渡され、アンドリェスの告発の調査結果を待つ身となった。一方、フルダは捜査員を増やしてクラーラ殺害事件の解決に取り組むだけでなく、十年前のカトラ殺害事件の捜査の不備にも対応するよう求められた。

プレッシャーは相当なものであり、アドレナリンが全身を駆けめぐっているにもかかわらず、疲れがたまってきたのを感じた。昔ならヨンとディンマがいるわが家に戻って、たとえわずかな時間でも家族と夕食を囲むことで英気を養えた。けれどいまは誰もいない狭い家に帰ったところで慰めにはならない。フルダは自分にむち打って疲れを振りはらった。

ベネディフトはさしあたり身柄を拘束される。カトラと別荘にいたことを認めており、島で生前のクラーラを最後に見た人物でもある。クラーラはベネディフトとカトラの関係を知っていたのだろうか。それでベネディフトはクラーラの口を封じざるをえなかったのではないか。それがいまのところ一番もっともらしい説明だ。そしてそれは警察が十年前の事件で誤認逮捕したことを意味し、その結果ダーグルの父は自殺したことになる。

フルダはクラーラの両親にベネディフトを拘束したことを伝えておこうと電話帳を取り出した。だが思い直して、直接会って話すことにした。前回の訪問は中途半端に終わってしまった。今日ならもう少し話が聞けるかもしれない。


クラーラの母親アグネスがドアを開け、フルダをリビングルームに通した。今日は父親の姿が見あたらないので安堵した。母親だけのほうが話を引き出しやすい。ふたりそろっていたときは口が重かった。

「またおじゃまして申し訳ありません」フルダは腰を下ろすなり切りだした。「進捗状況をお伝えしたくてうかがいました」

「いいんですよ。お役に立てるならなんでもします。あいにく主人は出かけておりまして、なんなら戻ってきたときにご連絡しますが」

「いいえ、奥さまだけで結構です」

「コーヒーでもお持ちしましょう。昨日はなんのおかまいもしなくて失礼しました」

アグネスはそう言うと、フルダが断る間もなくキッチンに消えた。

コーヒーは見るからに薄かったが、せっかくなので口をつけ「長居はしませんので」と断った。

アグネスは今日はいくぶんリラックスしているように見えた。「ほかにすることがあるわけじゃありません。言ったように協力は惜しみません」

やつれた頬といい目の下の隈《くま》といい、母親の嘆きはまだ歴然としていた。それでも今日は身だしなみはきちんとしていて、髪を整え化粧も施し深い悲しみを隠そうと努めている。友人や親戚の弔問に備えてのことかもしれない。

「いまのところはまだ何が起きたのか明確に把握しようと努めているところです。娘さんの友人のダーグルからも話を聞きました」

「カトラの弟ね」

フルダはうなずいた。

「昔からいい子だった。あの子が悪いことをするとは思えないわ」ひと呼吸置いてからアグネスは訊いた。「まさか彼が……」

「いいえ、ダーグルは話を聞いたあとに家に帰しました。いまはベネディフトの身柄を拘束しています」

「ベネディフトを？　そうですか。彼は何を考えているのかよくわからない子だった。わたしは好きじゃなかった」

「そうなんですか」

「ええ、娘と付き合っていたときも、彼のことはどう判断したらいいのか全然わからなかった」

「クララと付き合っていた？　ふたりは恋人だったんですか」

「ご存じなかった？」

初耳だ。パズルのピースがひとつはまるたびに新たなピースが加わる。「いつのことですか」

「昔のことよ。十年前」

「十年？　ちょうど十年ですか」

アグネスはしばらく考えると言った。「ええ、友だちが亡くなる少し前だったから。例のカトラよ。父親に殺された子」

「カトラが亡くなる少し前なんですね。実は娘さんの事件と併せてカトラの事件も調べているんです」

「それはどうして？」アグネスは身を乗りだした。こわばった顔に好奇心が表れる。

「関係がないとは思えないからです。同じグループにいた女性がふたり不可解な死を遂げたんですから」

「わたしには関係があるとは思えませんけどね。あの事件はカトラの父親の自殺で解決したと思っていました」

フルダはあいまいにうなずいた。

「もちろん警察は信頼していますよ。それなりの見通しがあって捜査してるんでしょうから。繰りかえしになりますが、主人もわたしも協力は惜しみません。わたしたちにとってこれがどれだけ重要なことか……」アグネスは言葉に詰まると突然叫ぶように言った。「わたしたちはどうしても知りたいんです。何があったのか」

「力を尽くすとお約束します」フルダは答え、アグネスが少し落ち着くのを待って次の質問に移った。「カトラが亡くなったとき、娘さんとベネディフトは付き合っていたんですか」

「いいえ、実はその少し前に別れたんです。覚えているのは事件のせいでしょう――あれがすべての出来事のきっかけのようなものでしたから。別れたことと事件とは関係ありませんけれど」

「なるほど」フルダは次に何を訊くべきか考えを巡らせた。水っぽいコーヒーを飲んでひと息入れる。そのとき初めて部屋をちゃんと見まわした。壁に古い風景画がいくつか掛かっている。よく目にするモチーフで描いた画家も知っているはずだが名前が出てこない。家具には見事な彫刻が施されている。ヨンが生きていたらいずれアゥルタネースの家のために買っていたような高級家具だ。そのときアグネスが先日言っていたことを思い出してフルダは訊いた。「娘さんとカトラは親友だったんですよね」

「ええ、親友でした」アグネスは認めた。

アグネスがそのことになんの疑いも抱いていないことは明らかだ。だが娘の親友カトラは死んだとき、娘のボーイフレンドだったベネディフトと人里離れた別荘でロマンチックな週末を楽しんでいた。いったいベネディフトはクラーラと破局してどのくらい経ってからカトラと付き合いはじめたのだろう。クラーラはふたりが付き合っていることを知っていたのだろうか。もしそうなら、知ったのはいつ……？

「あなたは昨日カトラの死がすべてを変えたとおっしゃった」あえて言葉を宙に浮かせて、アグネスの反応を待った。

「ええ……」その先を続けるのは気が進まないようだ。

「娘さんには相当なショックだったでしょう。あんな形で親友を失ったんですから」

フルダは促した。

「そうです」しぶしぶ答える。

「それだけではなく――」

「おっしゃるとおり、それだけじゃなかった」

フルダは待った。

「彼女たちは姉妹のようでした。双子と言ってもいいくらい。何をするにも一緒だった。切っても切れない関係っていうか、性格は対照的だったんですけどね。クラーラはやさしくて、人なつっこい子でしたけど、カトラのような人気者にはなれなかった。カトラは人を意のままに操れる子でした。人に冷たくもなれる——一緒にいるといったい自分は彼女にとってなんなのかわからなくなるような。それでもふたりは離れられなかった。クラーラとカトラ、カトラとクラーラ……」放心したようにふたりの名前を繰りかえす。その声が次第に小さくなって消えた。

「それでどうなったんです？」

「すっかり変わってしまった。心配でした……主人はこの話はしないほうがいいと考えていますけど、あなたを信頼してお話しします」

フルダは厳粛に受けとめてうなずいた。

「信頼していいですよね」

「もちろんです」

「もしあの子が……わたしたちの娘が……殺されたのなら……」アグネスは静かに話しはじめた。緊張で声が震えている。「あなたたちに犯人を突きとめてもらわなければならない。だから正直にお話しします」

フルダは待った。

「クラーラはカトラの死をとても苦にしたんです。体に障《さわ》るほど。あの子の生活は一変しました。体力も気力も失って何も手につかなくなった。一番厄介だったのはいたるところにカトラを見はじめたことでした。夜もろくに眠れず、うなされて汗びっしょりになって目を覚ますと、カトラが現れて話しかけてきたって言うんです。寝ているあいだもよく叫び声をあげていました。それがさらにひどくなって……」

「どんなふうに？」

「娘は……カトラになり始めたんです。説明しにくいんですが、ときどきわたしたちと話していると、カトラがそこにいるかのように、まだ生きているかのように振る舞うんです。そのことを初めて耳にしたときのことは忘れられません」アグネスは言葉を切って深呼吸をした。この話をするのはさぞ苦痛なのだろう。「娘はこの近くのお宅でよく子守を頼まれていたんです。幼いお嬢さんがいる感じのいいご夫婦で、カトラの家の隣の集合住宅に住んでいました。カトラが亡くなってまもない頃のことでした。娘はいつものようにそのお宅でお嬢さんの面倒を見て、何ごともなかったように家に帰ってきました。ところが翌朝そのお宅のご主人が電話をかけてきて、帰宅したらお嬢さんがおびえていたと聞かされました。その理由というのが……クラーラが〝カトラの振りをしていた〟からだったんです。そのお嬢さんは当時まだ六歳か七歳だったと思います。わたしはぞっとしました。娘に問いただすと、そのことは話したくないと言ってますます殻に閉じこもってしまいました」

アグネスはしばらく黙っていたが、また話を始めた。「もちろん笑い事ではすまされなくて、わたしたちは医者に相談しました。でもどこで診てもらってもトラウマのせいにされて、そのうち乗り越えるだろうと言われました」

「乗り越えられたんですか」

「人の目を引くようなことはしなくなりましたけど、その後もずっとカトラに取りつかれていました。不眠を抱えていたので仕事を続けられなくて、わたしたちと一緒に暮らしていました。表向きは普通に見えたと思いますけど、しばらく一緒に過ごしたら何かおかしいと気づかれたでしょう。ええ、あの子はひとりではとてもやっていけなかった」アグネスは目に涙をためてひと息つくと、咳払いをして先を続けた。「わたしたちはずっとあの子の面倒を見てきました。家に置いて……いつか乗り越えてくれるだろうと希望だけは捨てなかった」

「なぜ娘さんはそれほど大きな影響を受けたんでしょう」フルダはアグネスの反応を慎重に見守りながら訊いた。

「わかりません」正直に答えているように見える。「姉妹も同然の仲だったからでしょう。それしか説明のしようがありません」フルダに向けた目には深い絶望だけが見えた。

「お話を聞いてとてもお気の毒に思います。娘さんがそんなに苦しんでいたとは思ってもみませんでした。クラーラがエトリザエイに行くことをどう思っていたかはご存じですか」

「楽しみにしていました。調子もよかったですし。実際ほとんどの日は悪くないんです。問題は夜でした。それにストレス。プレッシャーに弱くて、そのせいで就職しても上司に愛想を尽かされてしまって、そのうちに仕事を探さなくなりました」

「カトラの事件について何か最近話していませんでしたか。たとえばエトリザエイへの旅行の話が出たときに」

沈黙のあとにアグネスは言った。「そうですね……娘はみんなと再会して、昔を思い出せるいい機会だと言っていました。片を付けられる……いえ、なんて言ったかしら、古い秘密がどうとか。そう、あの子はみんなで誤解を解くとか話していました。自分たちは真実についてあまりにも長いあいだ沈黙を守ってきたとか。なんのことを言っていたのか、わたしにはわかりませんでした。正直言って、あの子の言うことをいつも理解できていたわけではありません。娘はしょっちゅう、なんて言うか、自分の世界に迷いこんでいましたから」

「それでもクラーラは旅行には乗り気だったんですね？　あなたは娘さんをひとりで行かせても大丈夫だと思いましたか」

「娘はひとりじゃありませんでした」やや激しい口調で返ってきた。「友だちと一緒でした。親友でした。みんなとてもいい子です。ヴェトゥルリジが殺人を犯したからって、あの子たちには関係ありません」アグネスは突然立ちあがった。「もう充分でしょう。少ししゃべりすぎました。エトリザエイであんなことになるなんて、わたしたちには予想できなかった。それはわかってください。そうでないと……」

フルダも立ちあがって慎重に言葉を選んで答えた。「誰もあなた方が予想すべきだったとは言っていません。われわれはただ事件の真相を突きとめて、娘さんをあんな目に遭わせた人間を捕らえたいだけです」

アグネスは安心したようだった。「ありがとう。でもそろそろお引き取りいただけますか。少し疲れました。それに……」口ごもる。「あなたを主人に会わせたくありません。あの人はわたしがこんな話をしたことを知ったら嫌がると思います。主人は人に知られたくないんです。クラーラがどんなふうに変わってしまっていたか。恥じているんだと思います。いえ、そうじゃない。どうか誤解しないで。もちろんあの人は恥じてなんかいません。でも主人にとっては……つらいことでした。本当につらかった、主人もわたしも」

「正直に話してくださって感謝します。お話しいただいたことは慎重に取り扱うことをお約束します」

「来てくださってありがとう。お見送りはしませんけれど出口はわかりますよね」

45

ようやく事件は収束に向かっている。フルダは本能的にそう感じた。真実に近づいている。古い秘密も見えてきた。ひょっとしたら今夜のうちに解決できるかもしれない。これまでで最も大きな功績になるだろう。二件の殺人事件を一挙に解決する。沈黙を守ってきた絆がほころび、あとはもう少し深く掘り下げるだけだ。

ベネディフトはカトラが死んだときに一緒に別荘にいた。カトラは恋人だった。そしてその少し前までベネディフトはクラーラと付き合っていた。

付き合っていた女性がふたりとも殺された。

アレクサンドラからは収穫はなかったとリーズルは言っていた。だがリーズルの取り調べは信頼できない。この情報を知らなかったのだからなおさらだ。アレクサンドラにもう一度会って話を聞かなくてはならない。今度は手加減しない。前回アレクサンドラは何かを伏せていた。きっと重要なことだ。その点は確信があった。

アレクサンドラの叔母は寝間着姿で玄関に現れ、フルダを認めると怒りを隠そうともしなかった。

「いま何時だと思ってるんですか」女はいきなり食ってかかった。

「アレクサンドラに話があります」

「あの子は今日も警察の方に話を聞かれました。言ったでしょう、弁護士の義兄に電話しますよ。この近くで開業していますから、いまから電話します。姪をこれ以上困らせないで、義兄と話してください」

「アレクサンドラは成人です」フルダは高圧的に出た。「まだこちらにいますよね。姪御さんを連れて来ていただけませんか。さもないと逮捕して警察署で正式に調書を取ることになります。あなたの義理のお兄さんも同行していただいて結構です。アレクサンドラがそうしたければ」

女は立ち止まった。

「あの子はもう寝ています。明日出直していただけませんか」

「いま話をする必要があるんです」フルダは引き下がらなかった。

「わかりました……だったら呼んできましょう」女はしぶしぶ言って、なかに戻った。

しばらくしてアレクサンドラが戸口に現れた。本当に寝ていたのだろう。あくびをかみ殺している。裸足でTシャツにパジャマのズボンをはいている。

「こんばんは」

「こんばんは、アレクサンドラ。気分がよくなっていたらいいんだけど。あなたに話があるの」

「いまですか」

「ええ、いまよ」

「わかりました。入ってください」

アレクサンドラに前と同じ部屋に通されると、フルダはドアを閉めた。今日は邪魔は入らないだろう。

「ベネディフトを逮捕した。リーズルから聞いたと思うけど」フルダは前置きなしに切りだした。

「はい、でもどうしてそんなことになったのかわかりません。ベニは虫も殺さないような性格だから」

「ベネディフトにはクラーラ殺害の容疑がかかっている。あなたとダーグルが屋根裏に引き上げたとき、彼らはまだ下で一緒に飲んでいた。それは間違いない？」

「はい、だからそう言いました、リーズルに。そのとおりです……」アレクサンドラはそこで口をつぐんだが、何か言いたいことがあるようだった。何が言いたかったのだろう。まさか……自白？　だが沈黙は続いた。フルダは軽く揺さぶりをかけることにした。

「わたしたちはカトラも彼が殺したと考えている」

「なんですって？」アレクサンドラは心底当惑したようだった。「カトラを？　別荘の事件のことを言ってるんですか。まさか……そんなことありえない。あれはダーグルのお父さんがやったんです。あのときにそう証明された」

「そうじゃないかもしれないのよ。あなたは彼女とベネディフトが付き合っていたことは知っていた？」

「ベニとクラーラですか。ええ、もちろん、でも何年も前のことです」

「そうじゃなくてベネディフトとカトラのことを訊いているの」

「いいえ、あなたは混同している。ベニが昔付き合っていたのはクラーラです。別れましたけど……殺人事件のあとに」

「実際はその前に破局していたの。ベネディフトはカトラと一緒に別荘にいた」アレクサンドラを見つめながら静かに告げた。

「別荘に？　それって……彼女が死んだときですか。いいえ、そんなのでたらめよ！　わたしは信じない」真実を言っているように見える。アレクサンドラの驚きようは本物だ。

「だからわたしたちはベネディフトがふたりとも殺害したと考えている。クラーラもカトラもベネディフトに殺された」

「いいえ、そんなの間違ってる。そんなはずない。ベニは認めたんですか」

「いえ、否定している」

「ヴェトゥルリジが、ダーグルのお父さんが……カトラを殺したのよ。だから自殺したんでしょう」

「だったらクラーラを殺害したのは誰？」フルダはアレクサンドラの視線をとらえて訊いた。その瞬間確信した。この女は答えを知っていると。

だが腹立たしいことに、アレクサンドラは口をつぐんだ。

「島で何があったの、アレクサンドラ。わたしに何を隠しているの？」

長い沈黙のあと、アレクサンドラはひとり言のようにぽつりと言った。「クラーラはどこか変だった」

「変って？」クラーラの母親から聞いていたので驚かなかったが調子を合わせた。

「島でおかしなことがあったんです。彼女、真夜中に悲鳴を上げて目を覚ますと、カトラを見たって言うんです。ぞっとするほど真に迫っていて、怖かった。彼女は本当にカトラの幽霊を見たと信じているようでした。それから、わたしたちにカトラは正義を求めていると言った。まるでヴェトゥルリジじゃない誰かがカトラを殺したと考えているみたいだった。いえ、そう考えているんじゃなくて、事実として知っているみたいだった。わたしの言っている意味がわかりますか。とても変な感じだった。そのときまでわたしは、みんなも心の底ではヴェトゥルリジの有罪を信じていると思っていたから。恐ろしい話だけど。もちろんダーグルは違いますよ。彼だけは最初からお父さんは無実だと言いつづけていた。でもあの夜、クラーラはヴェトゥルリジが犯人じゃなかったことを知っている気がしたんです」

「あなたはどう思う？」

「もうわからなくなりました……でもベニがやったとは思わない。とにかくそんなことができる人じゃない。彼はいい人です」

「でもあなたは昔からダーグルのほうが好きだったんでしょう？　彼に恋をしていたって聞いたけど」

アレクサンドラはうなずいた。「何もなかったですけどね。でも……ええ、彼には惹かれています。わたしたちはずっと特別な絆で結ばれていた」

もう話を続ける必要はなかった。すべてがいま明らかになった。誰がカトラを殺したのか、考えられるのはひとりしかいない。すべての証拠が同じ方向を指している。そして同じことが島の事件についても言えた。誰がクラーラを襲って崖から突き落としたのか。ベネディフトが言っていた〝憎しみにあふれた目〟がこの目に浮かぶようだ。

「アレクサンドラ、ほかにも何かわたしに言うことはない？」

「こうなったら話すしかありません。生きているクラーラを最後に見たのはベネディフトじゃなかった」

「誰だったの？」フルダは尋ねた。ただの形式だ。答えはすでに知っていた。

46

フルダはひとりで出かけた。誰かを同行させるべきなのはわかっている。自白をとれた場合は証人が必要だし、相手が抵抗した場合はバックアップが必要だ。けれども暴力沙汰にはならない気がしている。殺人犯に会いにいくというのに、恐怖は感じなかった。危険な目に遭うことはないとわかっていた。

前に来たときとは違って、今日はベルを押すとすぐにドアが開いた。

「どうも。来られるんじゃないかとどこかで思っていました」

真夜中を過ぎているというのにダーグルはきちんと服を着ていた。

「入ってもいい？」

「どうぞ」フルダがなかに入るとダーグルは言った。「ここで父は逮捕された。まだ夜明けでした。あの刑事――あなたのお仲間のリーズルはここに立ってパジャマ姿の父を引きずり出そうとしていた。ぼくはあの階段の上に立っていました……」ダーグルは肩越しに振りかえって踊り場を指した。「ぼくはあそこに立って泣き叫んで、父を連れて行かないでくれと懇願するただの子供でした。確かに姉カトラの死はターニングポイントだったけれど、父が逮捕された瞬間は……終わりの始まりだった。あのときからぼくの家族は崩壊しはじめた。その前のぼくたちにはまだチャンスがあった。深い悲しみに向きあって、乗りきっていくチャンスが。なのに彼らは父を連れて行った。そして父は死に、母は何もできなくなった。ぼくはひとりここに取り残された……この大きな空っぽの家に。ぼくを逮捕しに来たんでしょう？」

「ええ、そのとおりよ、ダーグル」

「少なくともぼくはパジャマ姿じゃない。それにぼくは抵抗もしないし騒ぎ立てるつもりもありません。階段の上で泣き叫んでいる子供もいない。あの子供もあの日に死んだようなものだ。それにぼくの場合は近所の人も新聞で読むまでこのことに気づかない。あなたは警察の車で来なかった。緑の車はあなたのですか？」

フルダはうなずいた。

「緑のシュコダに乗った刑事か。悪くない」

「奥に入って、話さない？」

「その必要はありません。この家は処分するんです。もうなかには戻りたくない。このままあなたと一緒に行かせてください」

フルダはその瞬間、ダーグルを見逃してやりたい、やり直すチャンスを与えてやりたいという衝動に強く駆られた。この青年が哀れだった。彼の気持ちはわかりすぎるくらいわかる。世の中には復讐されて当然の卑劣な犯罪がたくさんあることをフルダは知っている。ダーグルがなぜクラーラを崖から突き落としたのか理解できる。怒りで一瞬われを忘れてしまったに違いない。だがもちろんダーグルを放免するわけにはいかなかった。アレクサンドラが認めたのだ。あの夜クラーラがダーグルを迎えに来て、ふたり一緒に下におりていったことを。アレクサンドラは、ダーグルが〝ベッドに入ってきてくれる〟ことを心のどこかで期待していたそうだ。だがダーグルはさっさと自分のベッドに行ってしまい、アレクサンドラはそのせいでなかなか寝つけなかった。それでもダーグルとの絆の強さを少なくともアレクサンドラは感じていたので、あの夜見たことは黙っているつもりだった。

「あなたがクラーラを殺したの？」

「ぼくは……そんなつもりはなかった。完全にどうかしていたんです。彼女が夜中に会いに来て、ぼくはもう寝ていたのに話があると言われました。ぼくに話さなくちゃならない重要なことがあると言ってきかなかった。告白することがあると。それでふたりで散歩に出ました。わざわざあの崖まで行ったのは彼女の考えです。ひょっとしたら彼女は最初から飛び下りるつもりだったんじゃないかな」

ダーグルは黙りこんだ。目は何かを思い出しているように遠くを見ている。

「クラーラはあなたに何を告白したの?」フルダは促した。

「ああ、それはもちろん姉を殺したことです。あなたはもうそれもわかっているんでしょう」

フルダはうなずいた。

「どうやらカトラとベニは内緒で付き合い始めていたようです。その前にベニはクラーラを振っていた。わけがわからなくてずいぶんもめたとクラーラが言っていました。そして彼女は理由を知った。いえ、突きとめた。カトラが奪った——そうぼくに言いました。クラーラはそれからふたりを見張りはじめた。あの週末もふたりが町を出ると、その後を追った。ちょうど車を手に入れたところだった。しばらくすると別荘に向かっていることがわかったそうです。カトラとアレクサンドラと一緒に何度か行ったことがあったから。クラーラはあれは事故だったと言いました。少しびっくりさせて怖がらせてやりたかっただけだと。ひと晩車のなかで過ごしてカトラがひとりになるのを待っていたそうです。カトラはいつも欲しいものはなんだって手に入れようとした。姉だから愛していたし、魅力があったことは認めます。だけど姉は人の操り方を知っていた。そして平然と人を締め出すこともできた。姉はベニが欲しくなって手に入れた。クラーラの気持ちなんてどうでもよかった。カトラはいつだってそうだった。そういう意味では信じられないくらい強かった。この十年ぼくたちはみんななんらかの形で姉の影におびえて生きてきたんじゃないかな」

「別荘で何があったの？」

「叫んだり、怒鳴ったり、脅したり、ずいぶんやったようです。そして最後には手が出た。クラーラが突きとばした拍子に勢い余って姉はテーブルの角に頭を打ちつけて……失血死した。すべてがあっという間の出来事だったそうです。クラーラは自分がやったことをただ見ているしかなかった。電話がなかったから救急車を呼ぶこともできなかった。クラーラはたとえ救急車が来てもカトラは救えなかったと言った。それはぼくにはわからない。だけど、そう聞いてぼくはもう我慢できなかった。クラーラは、彼女はぼくの人生をめちゃくちゃにした。ぼくの家族を破滅させた。姉と父が死んだのも、母があんなことになったのもすべて彼女のせいだ。そして彼女のせいでぼくはこれから檻《おり》に入れられる。皮肉ですね」

「もう行きましょう、ダーグル」

ダーグルはうなずくと、思いついたように言った。「ベニも同罪だ。あのくず野郎も責めを負うべきでしょう。あいつが勇気をもって名乗り出てくれていれば、父さんを救うことができたんだ。それなのに自分に傷がつくことを恐れた。そんなベニが潔白だなんて。あいつは自分と親のことしか考えなかった。殺人事件の捜査に巻きこまれたくなかった……。あなたがベニの家に現れたとき、ぼくらは殴り合いになる寸前だった。もちろん、あいつはすべてを否定した。でも、あいつがカトラと別荘にいたことをぼくはクラーラから聞いて知っていた。どうやって知ったかは言えませんでしたけどね」

「さあ、もう行きましょう」

ダーグルは外に出ると自分が育った家のドアを閉めた。これが最後になるかもしれなかった。

そしておとなしくシュコダに乗った。フルダはこの青年を殺人容疑で逮捕しなければならないことに暗澹《あんたん》とした思いを抱きながら、心の隅で密かに勝ち鬨《どき》をあげていた。フルダが待ちに待った大手柄をあげた瞬間だった。

エピローグ

1

一九九七年、アメリカ、サバンナ

ロバート

妻は友人に会いに出かけた。ロバートは夕闇迫るサバンナでひとり座って冷えたビールを飲んでいる。妻は禁酒主義者でロバートが酒を飲むことをよく思っていないが、たまにこうして好きにさせてくれる。前回の健康診断の結果がまずまずだったので、うるさく言えなくなったということもある。うだるような暑い一日を過ごしたあとのポーチで飲む冷たいビールにかなうものはない。

ロバートはアイスランドにいた頃を思いかえした。少し前にその国からひとりの女性が訪ねてきた。もう何年もあの寒くて殺風景な島国のことは忘れていた。あの国に駐留していた頃だけでなく、戦争中のこともぼんやりとした記憶しかないことに気づいた。言ってみれば、霧の向こうに当時を見ているようだった。あの時代のことがいまの自分には他人事《ひとごと》のように思えた。

そしてアンナ。もちろんアンナのことは覚えている。つかの間の関係だった。妻をいつも裏切っていたわけではない。いや、それどころかアンナが最初で最後だった。アンナにはそれだけ妻への忠誠心を忘れさせる何かがあったのだろう。だが突然アンナは姿を消した。しばらく寂しい思いをしたが、心の底では収まるところに収まったと思っていた。それでも彼女の小さな写真を一枚、捨てられずに取ってあった。証明写真のようなもので、初めて夜を共にしたあとに彼女がくれた。どこにあるかはちゃんとわかっている。今夜はその写真を取り出してきて、ポーチの薄暗い明かりが届くテーブルの上のビールの横に置いた。

長い年月を経た写真は思ったとおり黄ばんでいたが、ひと目見るなりロバートは半世紀前に戻っていた。一九四七年のレイキャヴィークは開発途上にある小さな町だった。すべての市民がロバートのような兵士を歓迎したわけではなかったが、アメリカ人のロバートは自分を新時代の代表のように感じていた。若い女性たちが驚くほどきれいだったことを覚えている。そしてアンナのことは、ごく短い付き合いだったことを考えると、これほどはっきり思い出せることが信じられなかった。言うまでもなくふたりの関係に未来はなく、最初から良心が痛んだが、それでもいまこうして思い出すと、その儚《はかな》さ故に心地よい切なさを覚えるのだろう。当時もいまと同じように妻を愛していたが、時が経つにつれ罪悪感は薄れていった。いまでは遠い昔の記憶のなかの経験でしかない。もちろん妻には打ち明けていない。この秘密は墓場まで持っていくつもりだ。どんな事情があってもアイスランドに娘がいることを認めるわけにはいかなかった。

初めてフルダから手紙をもらったときから、娘ではないかという気はしていた。不思議なのだが、初めて愛し合った夜に命を授かったような気がずっとしていたからだ。だがアンナは一度も連絡してこなかった。それはおそらくロバートが子育てにかかわることを望んでいなかったということだろう。ロバートはアンナのそうした意志を尊重したいと思った。

それがフルダに嘘をついた理由のひとつだ。

だが嘘をついたのは何よりも自分の暮らしを守りたかったからだ。半世紀以上営んできたこの結婚生活を守りたかった。五十に手が届く娘の父親になるために危険にさらすわけにはいかなかった。フルダはもう父親を必要とする年齢ではないし、自分もいまさら娘は必要なかった。妻とのあいだに子供はいないとフルダに言ったのは嘘ではなかった。その原因は妻のほうにあったようだ。そしてフルダの存在でそれが証明された。フルダの話はみじんも疑っていない。ある夏の夕方、短い時間だったが娘と一緒にレモネードとパイを食べた。そんなことはもう二度とないだろう。

フルダが帰ったあとも特に後悔はなかった。しょせん初めて会った女性だ。もう会えないからと言って寂しさを感じられるものではない。彼女の母親のこともよく知っていたわけではなかった。フルダとのあいだにあるのは生物学的な関係でしかない。そうは言っても、目の前に座っている娘をそれとなく観察しながら、すべてを犠牲にしても親子の名乗りをあげるべきかどうか迷った。だがその必要はなかった。そこまでの強い縁は感じなかった。ロバートは互いのために決断した。不公平かもしれないが、この秘密は永遠に葬り去るほうがいい。フルダが戻ってくることはあるまい。

だがこうして古い写真を見ながら、フルダは父親に会ったことを知らないのだと思うと胸がうずいた。

娘のためにひとつだけしたことがある。戦争中に撮った制服姿の自分の写真をコピーして送ったのだ。長い年月のあいだに容姿はずいぶん変わり、若いときの輝きは髪とともにとっくに失われている。この写真なら送っても気づかれないと思った。添えた手紙に、これが父親の写真だと真実を書いた。フルダがそれ以上の真実を知ることはこの先もないだろう。

2

一九九七年、レイキャヴィーク

リーズル

これまでリーズルは一瞬たりともヴェトゥルリジの有罪を疑ったことはなかった——当然だ。捜査中は、娘を虐待して殺害した張本人と信じて容赦なく行動した。リーズルは自分の能力を全面的に信頼していた。すべての証拠が父親が犯人であることを示していた。父親は決して口を割ろうとしなかったが、その穴を推測で埋めることは簡単だった。リーズルは最初から虐待事件だと決めてかかっていた。長期にわたる虐待の末に週末の別荘で事件が起こってしまったのだと。現場はヴェトゥルリジの別荘であり、彼の隠れ家でもあった。ほかにカトラと一緒に別荘にいたと名乗り出る者はおらず、車を持っていないカトラがはるばる西部フィヨルドまでひとりで行って、あんな寂しい掘っ立て小屋で週末を過ごしていたとは到底考えられなかった。つまり、リーズルの目にはすべてが火を見るより明らかだったのだ。

リーズルの推測はこうだ。娘は父親と一緒に別荘に行っていた。そこで父親がまた虐待を始めた。だが娘が抵抗し反撃したことからもみあいになって娘は死んだ。故殺か謀殺かは重要ではなかった。それを決めるのはリーズルではなかった。

だが十年後のいまになって、リーズルは自分の推測がまったく間違っていたことを知らされた。カトラは容疑者にすらあがっていなかった友人クラーラに殺されたという。

当時リーズルの頭のなかにははっきりとしたイメージがあった。あと必要なのは自白か、もしくはもう少し具体的な証拠だった。セーターという遺留品があったものの、それだけでは有罪判決に導くのは難しいと思われた。しかもセーターは死体のそばの床に落ちていただけだ。もし被害者がそのセーターを握っていたと主張できたら、かなり有力な物証となり、攻撃の矛先を父親に向けられる可能性があった。地元警察のアンドリェスに偽証するよう説得するのは簡単だった。実際あっけないほどだった。だが案の定アンドリェスは考えなおした。ああいう負け犬のやりそうなことだった。証言を終えたあとしばらくしてアンドリェスはリーズルに電話をかけてきた。何もかも後悔していると言った。ヴェトゥルリジが有罪だという確信が持てなくなった。自白がとれていないならなおさらだと。さらに厄介なことにアンドリェスは本当のことを話したいと言いだした。そうしなければ被告人に自己弁護するチャンスを公平に与えられないと。愚かな年寄りは証言を翻したら自分にどんな悲惨な結果がもたらされるかも承知していた。間違いなく仕事を失うことになり、多額の借金や高利貸しとの関わりを新聞に書きたてられることを。それだけではなかった。アンドリェスはリーズルも無関係ではいられないと言った。自分がなぜ偽証したか、誰にそう仕向けられたか説明しなくてはならないと。もちろんリーズルはアンドリェスに思いとどまるよう言ったが聞く耳を持たなかった。アンドリェスはすでにレイキャヴィークに向かう準備をしていて、二日後には出頭して償いをするつもりだと告げた。リーズルは一転窮地に陥った。

あと二日、いや二日もないだろう。それまでに危機を脱しなければならない。それにはヴェトゥルリジの自白がなんとしても必要だが、それは言葉で言うほど容易ではなかった。あのろくでなしはもう役に立たない。生きる意欲も闘う気力も失い、自分はどうせ刑務所送りになり、家族は世間から非難を浴びることになると言っている。だったら犯行を認めればいいものを、本人の言葉を借りるなら〝やってもいないことを自白する〟ことを拒みつづけている。まったく強情な男だ。

だが解決策を思いつくのにひと晩はかからなかった。

リーズルはあることをひらめいて目が覚めた。まだあたりは暗く、そっとベッドを抜けだすと妻や子供たちを起こさないように家を出た。リーズルが昼夜を問わず仕事に出ていくことに家族は慣れている。起きて姿が見えないことを知っても気にしない。リーズルは拘置所に向かった。しょっちゅう来ているので顔パスで入ることができた。誰に面会に来たのか申告する必要さえなかった。そこからヴェトゥルリジの独房に行って、ベルトをこっそり渡すのは簡単だった。

充分に考え抜いた行動とは言えないが、リーズルはとにかくヴェトゥルリジの有罪を確信していた。それまで自分の洞察力に裏切られたことはなく、ヴェトゥルリジの悲観や沈黙は疑惑をいっそう強めるものでしかないと考えていた。

ベルトはいわば試験だった。

生きるか死ぬかの。

もしヴェトゥルリジが死を選べば、その行動は自白に等しい。最も単純な解決法だ。殺人犯は間接的に自白したことになり、捜査は勝利に終わる。何よりイーサフィヨルズルの老いぼれ警官が、単に自分の良心を満たすために捜査をぶち壊しにして、リーズルのキャリアを危険にさらす理由がなくなる。アンドリェスはリーズルが結果的に正しかったことを知り、騒ぎを起こしたところで得られるものはないことを思い知るだろう。

翌朝ヴェトゥルリジが独房で首を吊っていたことを聞いてもリーズルは動じなかっ

た。これで自分が正しかったことが証明されたと思った。

当時もその後もヴェトゥルリジの死に対して責任を感じたことはまったくない。だが、言うまでもなく、自殺を手助けしたことは隠し通してきた。当然、被告人がどうやってベルトを手に入れたのか調査が入ったが、長く続くことなく結論が出ないまま終わった。

だがいま頃になってあのアンドリエスが再び現れ、十年前にするはずだった告白をしたという。リーズルは仕事を失う危機に直面している。すでに停職処分を受けている。フルダが警告に来たとき、ベルトの件も知っているのではないかと一瞬不安になった。ヴェトゥルリジの自殺に手を貸したことが明るみに出たら事態ははるかに悪くなっていただろう。

だがそれは大丈夫なようだ。

ヴェトゥルリジを死なせたのは自分だ。そのくらいは自覚している。そのくらいはわかっている。だがほかの誰もこのことを知る必要はない。

3

一九九七年、レイキャヴィーク

フルダ

フルダは母の墓前に立っていた。

きちんと手入れが行き届いているように見えるが、秋になったらここを訪れることにもっと心を砕かねばならないと思っている。母にはフルダしかいないのだから。ふたりの関係がどんなにぎくしゃくしたものだったとはいえ、母がいなくなって寂しいと思っているのは事実だ。もうどこにいてもひとりぼっちだ。

近しい人はみんな死んでしまった。ヨン、ディンマ、母、アメリカにいた父さえも。

だがまだ自分は若い。少なくとも老いてはいない。まだ健康で、野心もある。これから達成したいこともたくさんある。警察を退職するまであと十五年以上ある。足跡を残せる時間は充分ある。定年が来ても六十五歳だ。まだ若い。いまはまだ誰とも付き合う気になれないけれど、退職を機にいいひとを見つけて新しい人生を始めるのもいいかもしれない。わびしい小さな住まいを出て、自然を身近に感じられるところに引っ越すチャンスもあるだろう。そう、楽しみなことはたくさんある。前向きな気持ちで幸せになれることを期待して将来を見すえていればいい。

だがいずれ死はやって来る。それを考えると恐ろしかった。

いつか冷たい墓に身を横たえる日がくる。もちろんそのときにはすでに死んでいるのだが、それでも土のなかに埋められると思うと耐えられなかった。

突然息苦しさを覚えて、フルダは母の墓から目をそむけ、息を深く吸いこんだ。

謝辞

特にサラ・デッグ・アゥスゲイルスドッティルとヴェストマン諸島のシグルズル・クリスチャン・シグルズソンには感謝している。ふたりはエトリザエイでぼくのガイドを務めながら、さまざまな情報を与えてくれた。

刑事訴訟の流れについて助言を仰いだフルダ・マリア・ステファンスドッティル検事にも感謝している。

最後になったが、原稿を読んでくれた父ヨナス・ラグナルソンと母カトリン・グヴューズヨウンスドッティルに心から感謝の言葉を述べたい。

解説

再会の島——忘られぬ悪夢にうなされる者たちの鎮魂歌

川出正樹

「人は自分の生涯の中で、ほんとうに重大な時というものを自覚しないものである……そして、間に合わなくなってから気がつく」
アガサ・クリスティー『終りなき夜に生れつく』

「時間はどんな傷も癒しはしない」
アーナルデュル・インドリダソン『緑衣の女』

「あのことを自分だけの胸におさめ、永劫《えいごう》の時を過ごしたような気がする」
バーバラ・ヴァイン『運命の倒置法』

アイスランドの西部フィヨルド地方最深部にある入り江の谷ヘイダルアーに人里離れてぽつんと建つコテージと、本土南部沖合に海から突き出るように並ぶ火山列島ヴェストマン諸島の最北部に位置する無人島エトリザエイ。ともに〝世界から隔絶されたような場所〟で、十年の時を隔てて二人の若者が死んだ。

片や家族に内緒で秘密の恋人ベネディフトと二人だけで、父の実家の別荘に週末旅行に出掛けた二十歳の少女。片や十年前の一九八七年に殺された彼女を追悼するために、無線が唯一の通信手段である孤島のロッジに集まった四人の若者のうちの一人。

海から立ち上がった断崖の上に、神々のゴルフ場かと見まがうような鮮やかな緑の草原が広がる不思議な形をした島エトリザエイで起きた不審死の捜査を買って出たレイキャヴィーク警察のフルダ・ヘルマンスドッティル警部は、やがて十年前に犯人が捕まり解決済みとされた西部フィヨルドでの少女殺害事件の背後に隠された闇に分け入ることになる。

十代の頃には切っても切れない仲だった五人の若者たち。彼らの中心人物だった、大胆で屈託がなく、日常のなんでもないことを神秘的に思わせてしまう天賦の才に恵まれていた少女が殺されたことで、遺《のこ》された四人——恋人のベネディフト、親友のクラーラ、友人のアレクサンドラ、そして弟のダーグル——の人生は大きく狂ってしまう。人を欺きつづけ許されない秘密を丸十年間背負ってきた者。家族が崩壊してしまった者。過去に囚《とら》われて身動きが取れなくなってしまった者。意に染まぬ人生を歩まざるを得なかった四人が、文明社会から遠く離れた開放感と閉塞感とを同時に感じさせる孤島で十年ぶりの再会を果たした夜に、一体何が起きたのか。

本書『喪《うしな》われた少女』DRUNGI（英題名THE ISLAND）は、『闇という名の娘』DIMMA（英題名THE DARKNESS）に続く《フルダ・シリーズ》三部作の第二弾だ。前作で作者は、数カ月後に六十五歳の定年が迫る中、早期退職を余儀なくされたフルダ警部が、難民申請中に不審死を遂げたロシア人女性の事件を再調査する警察官人生最後の三日間の孤軍奮闘ぶりを描いた。

なんともやるせない幕引きとなった二〇一二年のあの物語から遡ること十五年。十年前に娘を、八年前に夫を亡くし、数カ月前には母を看取《みと》り、五十歳を間近に天涯孤独の身となったフルダ警部は、今回、まるで壮大な風景画の中に閉じこめられたかのように感じさせる海鳥の楽園エトリザエイへと赴く。十年の時を隔てて起きた二つの死を繋《つな》ぐものは何か。

作者ラグナル・ヨナソンは、謎解きの興趣に富んだ警察小説という枠組みの中で、主人公の内面をしっかりと描写して波瀾《はらん》に富んだ人生を描くミステリの書き手だ。静けさと開放感が漂う美しくも厳しいアイスランドの風土に根ざした悲劇を、アガサ・クリスティーを彷彿《ほうふつ》とさせる手際で構築し、ままならない人生に嘆息しつつも職務に打ち込む警察官を探偵役に起用して、隠されてきた秘密を掘り起こさせ、やるせなくも納得せざるを得ない真相を読者に差し出してみせる。そのため読者は謎と真相との落差が生む意外性に満足しつつも、苦く重いもやもやとした読後感とともに本を閉じることになる。

そんなミステリとしての醍醐味《だいごみ》と人間ドラマとしての妙味を同時に味わえる作品を生み出すことができるのは、なによりも構成力に秀でているためだ。本書『喪われた少女』は、全体の二割にあたる第一部（一九八七年）と、七割を占める第二部（一九九七年）から成り、前後にプロローグとエピローグを配している。

西部フィヨルド地方での殺害事件の発生から裁判までを描いた第一部は、主にベネディフトと第一発見者の地元警察官、そして逮捕された人物の視点から語られるのだが、カードの切り方、即ち状況の見せ方が巧みで、読者に事件の概要を明かしつつ細部に謎を残したまま第二部へとスムーズに誘う。間に本筋とは無関係にフルダの視点を二カ所入れて、すでに不穏な影が射《さ》し始めていた四十歳当時の彼女の公私にわたる生活の一齣《ひとこま》を垣間見《かいまみ》せてくるところも心憎い。

第二部では、追悼のために集まった四人の視点を頻繁に切り替えることで、十年前の悲劇が各々の人生に与えた影響を明らかにする一方で、時の経過とともに疎遠になってしまった若者たちの間に生じる不協和音を描出して不穏な空気を醸成していく。

加えて、何気ない述懐の中に推理の手掛かりを忍ばせることで謎解きミステリとしての造りを固めていく。

こうして刻々と事件発生までの経過を綴《つづ》るのと並行してフルダの視点から、彼女の生涯にわたる悲願であった父親探しの物語が語られ、出生の秘密が明かされていく。やがて若者たちとフルダの人生が交差し、フルダは調査と聴取により徐々に事実を解明していく。所謂《いわゆる》警察小説の常道パターンに沿って物語は進行していくわけだが、実は読者としては、前半で提示された手掛かりに基づいて謎解きミステリとして真相を推理できる構成になっている点が面白い。

こうした手法は『闇という名の娘』でも用いられており、個々の作品の構成が三部作全体の構成と呼応している点に、ラグナル・ヨナソンの物語作家としての並々ならぬ力量がうかがえる。そもそも〈逆年代記〉という、主人公フルダの人生を過去へと遡航する形式をとっているため、彼女の人生に何が起きたのか、なぜ毎晩のように悪夢にうなされ、それを忘れるために仕事に没頭し続けてきたのかは、第一作『闇という名の娘』を読んだ者には既に分かっている。にもかかわらず、『喪われた少女』は、フルダの悪夢の原因をおもんぱかりながら平穏ではない彼女の生き方に心を動かされ、より深く味わうことができるように創り上げられているところが素晴らしい。それどころか、本書を読んだ後に第一作を読んでも、シリーズとしての面白さが損なわれないよう配慮されているのだ。恐るべしラグナル・ヨナソン。

圧倒的な男性優位社会である警察組織にあって、偏見と無理解から生じる差別と締め出しに抗いながら四十年以上にわたって犯罪捜査を手掛け、功績を挙げてきたにもかかわらず〝ガラスの天井〟に出世を阻まれ続けてきたフルダ。アイスランド語で〝hidden woman〟、即ち〝隠された女性〟を意味するフルダ（Hulda）という名前を与えられた女性の苦難と悔恨に満ちた人生を、冷徹な視点から見据え、硬質な文体で綴りあげたこの三部作は、またの名を《ヒドゥン・アイスランド・シリーズ》という。

北極圏にほど近い北大西洋に浮かぶ人口僅か三十六万人（二〇二〇年時点）ほどの、遠く遡れば誰もがどこかで血の繋がりのある小さな島国アイスランド。その隔絶された社会の片隅に、組織の裏側に、そして家庭の奥に秘匿され認知されてこなかったもの、即ち〝覆い隠されてきた存在〟を核に織り上げられた《フルダ・シリーズ》は、アイスランド的なる犯罪小説であると同時に、世界中に遍在する罪と罰を剔出《てきしゅつ》する物語だ。ラグナル・ヨナソンが、偉大な先達アーナルデュル・インドリダソンに続く新たなアイスランド・ミステリの担い手として、イギリス、フランス、アメリカ、オーストラリアを始め世界各国で称賛を集めている理由は、この独自性と普遍性との絶妙なバランスにある。

本書『喪われた少女』は、『闇という名の娘』の中でフルダが、精神的に辛《つら》い時期に起こったこともあり、長い警察官人生に於いて特に記憶に残っている事件として述懐した二つの事件のうちの一つだ。残りの一つ、一九八七年のクリスマスに、東部の人里離れた農場で起きた惨劇とフルダ自身を襲った悲劇を扱ったシリーズ最終作MISTUR（英題名THE MIST）の翻訳を心待ちにしつつ筆を措《お》きたい。

（かわで・まさき／書評家）

本書のプロフィール

本書は、二〇一六年にアイスランドで刊行された小説『DRUNGI』の英語版を、本邦初訳したものです。

小学館文庫

喪《うしな》われた少女《しょうじょ》
THE ISLAND

著者 ラグナル・ヨナソン
訳者 吉田《よしだ》 薫《かおる》

二〇二〇年八月十日 初版第一刷発行
発行人 飯田昌宏
発行所 株式会社 小学館
〒一〇一-八〇〇一
東京都千代田区一ツ橋二-三-一
電話 編集〇三-三二三〇-五一三四
販売〇三-五二八一-三五五五
印刷所――――凸版印刷株式会社

ISBN978-4-09-406806-1